Les Portes Secrètes
Du Rêve

Données de catalogage avant publication (Canada)

Lebugle, André M.
  Les portes secrètes du rêve
  (Collection des Mille Îles).
  Pour adolescents.
  ISBN 2-7621-1442-X
  I. Titre. II. Collection.
PQ2672.E28P67 1989   j843'.914   C89-096596-7

Maquette et illustration de la couverture : **Sylvie Morissette** et **Gilles Boulerice**.
Dépôt légal : 1er trimestre, 1989. Bibliothèque nationale du Québec.
© La Corporation des Éditions Fides. 1989.

André Lebugle

Les Portes Secrètes Du Rêve

Nouvelles

collection des mille îles

éditions fidès

A Jean Naë Rey.

André Lebugle

À Pierre, Mathilde
et Christian.

LES PORTES SECRÈTES DU RÊVE

Mon oncle Gérard m'attendait à l'aéroport. Je ne l'avais pas vu depuis plusieurs années, mais je le reconnus tout de suite. Sa barbe grisonnante, ses cheveux taillés courts et ses yeux pétillants d'intelligence le distinguaient aisément dans une foule. De plus, il était grand et solidement bâti. Un beau sourire franc et chaleureux éclairait son visage énergique. Il écarta doucement une valise qui lui barrait le passage et vint à ma rencontre.

— Comment vas-tu, Pierre? As-tu fait bon voyage?

Je déposai mon sac et me dressai sur la pointe des pieds pour embrasser mon oncle.

— Oui, c'était un peu long, mais j'avais emporté un livre.

— Dis-moi, tu dois bien avoir quinze ans, maintenant?

— Oui, enfin, presque. Je les aurai dans deux mois.

Mon oncle souleva mon sac comme une plume et nous allâmes chercher le reste de mes bagages, puis nous sortîmes de l'aéroport encombré de voyageurs. Dehors, le soleil faisait étinceler les chromes des autos garées le long du trottoir. L'une d'elles attira particulièrement mon attention. C'était une splendide Ford beige qui était sans doute vieille de quarante ou cinquante ans. Une pièce de musée.

— Regarde cette auto, m'exclamai-je. Elle est formidable. Je n'en ai jamais vu comme ça.

Nous nous approchâmes du véhicule et, à ma grande surprise, mon oncle en ouvrit la portière et s'installa au volant.

— Tu montes? C'est la mienne.

Mon oncle Gérard ne m'avait jamais raconté sa vie, mais toutes sortes d'histoires circulaient à son sujet. Après avoir fait de brillantes études de droit, il avait hérité d'une fortune confortable de quelque parente sans enfant et, grâce à d'adroits investissements, il avait réussi à vivre dans l'aisance sans beaucoup travailler. Pour passer le temps, il avait voyagé dans le monde entier. On disait qu'il avait vécu plusieurs années aux Indes, où un rajah avait cherché à se venger de lui en faisant mettre un cobra dans son lit pour une raison que j'ignore. Je ne sais comment mon oncle s'était tiré de ce mauvais pas, mais on dit que le rajah reçut un jour son propre serpent dans une jolie boîte avec les compliments de l'expéditeur.

En Afrique, il rencontra un jour un groupe de diplomates participant à un safari. Écœuré par le carnage — il adore les animaux —, il dirigea son fusil contre les chasseurs et se mit à les faire danser en criblant le sol de balles, à quelques centimètres de leurs pieds. L'affaire fit un scandale. Arrêté et condamné à mort, il fut de justesse sauvé de la pendaison par les troupes d'un chef rebelle qui était son ami.

En Argentine, il épousa une jolie fille sous la menace du pistolet de son père, un millionnaire coléreux et sans scrupules. Au bout de quelques semaines, mon oncle décida de fausser compagnie à son épouse et s'enfuit à cheval dans la pampa au milieu de la nuit. Depuis, son beau-père essaie de le faire assassiner chaque fois qu'il retrouve sa trace : une bombe dans une auto à Madrid, un coup de couteau évité de justesse en Australie, une balle de fusil dans la cuisse à Londres, un verre de vin empoisonné en Grèce...

Mon oncle ne parlait jamais de ses aventures, mais je suis sûr qu'elles étaient encore plus nombreuses et passionnantes qu'on le disait. Un fait est certain : il était fort capable de se défendre. Bien qu'il détestât la chasse, c'était un tireur d'élite et il avait pratiqué assidûment les arts martiaux.

*

La vieille auto, qui était dotée d'un puissant moteur neuf, s'arrêta silencieusement devant une grande maison entourée de grilles et d'arbres au feuillage magnifique.

— Nous voilà arrivés, fit mon oncle. Tu t'installeras dans la petite chambre d'en haut. C'était la mienne quand j'avais ton âge.

L'intérieur de la maison était un véritable musée. Les objets les plus inattendus décoraient chaque pièce : un sarcophage égyptien, d'authentiques têtes réduites offertes par des Indiens d'Amazonie, des statues incas, des masques africains, des armures des siècles passés, des instruments de musique chinois... sans oublier d'immenses tableaux anciens, une bibliothèque impressionnante et une magnifique collection d'armes du monde entier.

On m'avait dit que les personnes qui fréquentaient cette maison n'étaient pas moins intéressantes que les choses qui s'y trouvaient. On y avait vu des voyants célèbres, de grands artistes, un gangster, des savants, un lama tibétain, un champion de lutte japonaise, une reine et... des fantômes!

Mon oncle me présenta à sa cuisinière. C'était une très jolie Antillaise qui parlait le français avec un accent charmant — sans prononcer les « r » — et était la bonne humeur même. Quant à sa cuisine, à laquelle je goûtai plus tard, elle laissait un peu à désirer. Ses gâteaux brûlaient toujours avant qu'elle les sorte du four; sa soupe était immangeable, car il y avait trop de sel ou pas assez de quelque autre ingrédient; ses viandes ressemblaient à du charbon de bois, et ses légumes étaient rarement assez cuits. Ni mon oncle ni Sophie — c'était le nom de la cuisinière — ne prenaient ces échecs au sérieux. Nous allions tous en riant au restaurant.

*

Dans un coin du salon, il y avait un très vieux coffre en bois recouvert de cuir et ceinturé de solides ferrures noires. Il était fermé par un gros cadenas de cuivre. Ce détail m'intrigua et je demandai des explications à mon oncle. Celui-ci hésita un instant, comme si le sujet était trop sérieux pour mon âge.

— J'ai trouvé ce coffre dans un château médiéval appartenant à un ami, commença-t-il. Il était au fond d'une oubliette.

— Une oubliette?

— C'est une prison, parfois même un genre de puits à sec où l'on jetait un prisonnier. Il n'en sortait jamais. On l'oubliait. Une nuit, je suis descendu dans une de ces oubliettes avec l'aide d'un domestique du château et j'y ai trouvé ce coffre.

— Est-ce qu'il y avait autre chose?

— Oui, un tas d'ossements humains... et des rats.

— Tu veux dire que des gens étaient morts dans ce trou?

— Oui, bien sûr, mais il y a des siècles de cela.

— Moi, ça me coupe l'appétit, déclara Sophie. Je ne vais pas pouvoir cuisiner, ce soir.

Mon oncle sourit et ajouta:

— J'ai même manqué me casser le cou en remontant.

— Et qu'est-ce qu'il y avait dans ce coffre?

— Des livres.

— Quel genre de livres?

— Des livres d'alchimie. Tu sais ce que c'est?

— Pas vraiment.

— Les alchimistes cherchaient à transformer des matières sans valeur en or, par exemple. Certains, comme le comte de Saint-Germain, étaient capables de créer des pierres précieuses.

— Est-ce qu'il y a encore des alchimistes?

— Oui. Ce sont des gens qui cherchent les secrets de la vie. Il y en aura toujours.

— Et qu'est-ce que tu as fait des livres? demandai-je.

— Ils sont dans le coffre.

— Je peux les voir?

Mon oncle plissa le front d'un air soucieux, puis se leva lentement. Il tira une grosse clé d'une cruche indienne en forme d'animal et l'introduisit dans la serrure du cadenas.

À l'intérieur du coffre, il y avait cinq livres aux pages jaunies. Leur couverture de cuir ne portait pas de titre. Il avait sans doute disparu avec le temps.

— Ces livres ont appartenu à un gentilhomme du dix-septième siècle, expliqua mon oncle. Son nom est écrit à la main à l'intérieur de la couverture. Regarde: il s'appelait Gilles de Ribérac. C'était un homme d'excellente famille qui s'était laissé séduire par les sciences occultes. Ça lui a coûté la vie. En ce temps-là, on ne plaisantait pas avec ces choses-là.

— Tu veux dire qu'on l'a jeté dans l'oubliette?

— Probablement.

— Est-ce qu'il y a des choses intéressantes dans ces livres ?

— Oui, des connaissances remarquables... et très dangereuses.

— Est-ce que je pourrais les lire ?

— Non, tu n'es pas encore prêt pour ce genre de lecture. D'ailleurs, il n'y a qu'un seul de ces livres qui soit en français. Les autres sont en allemand et en latin.

Mon oncle referma le coffre et le verrouilla, puis il remit la clé dans la cruche.

*

Ce soir-là, quand tout le monde fut endormi, je descendis sans bruit au salon et pris l'un des mystérieux livres, celui qui était en français. La curiosité que mon oncle avait éveillée en moi était plus forte que son interdiction. J'avais décidé de passer la nuit à lire le précieux ouvrage s'il en valait la peine. Je le rapportai dans ma chambre et me mis rapidement au lit.

Le livre s'intitulait *Les Portes secrètes du rêve*.

Sans m'attarder à l'avant-propos, je me lançai dans la lecture du premier chapitre. Certains mots m'étaient inconnus, mais je compris vite qu'il y avait dans ces pages des secrets insoupçonnés de la plupart des gens. À mesure que j'avançais, il me semblait que chaque ligne me révélait un monde caché dont la présence inquiétante s'était parfois manifestée dans les replis de mon sommeil.

Plusieurs heures s'écoulèrent à mon insu. J'étais envoûté par les mots qui défilaient devant mes yeux et venaient se graver en lettres de feu dans mon esprit enfiévré. Je dévorais les pages avec une concentration qui tenait de la folie et j'aurais lu toute la nuit si, pour mon malheur, je n'avais trouvé le passage que voici.

Dans les rêves, surtout ceux qui se répètent, il est un moment, une faille dans le temps, qui permet le passage d'une réalité à l'autre. Si le rêveur parvient à garder une lucidité suffisante pour être à la fois observateur et acteur, il peut se matérialiser dans le monde qu'il entrevoit en rêve. Il suffit pour cela que les images de son rêve soient nettes et que le sommeil n'ait pas entièrement endormi ses facultés. Il prononce alors mentalement le mot... (la suite de ce récit expliquera pourquoi je ne peux révéler cette formule magique). Si l'expérience réussit, le rêveur disparaît du monde où il vit et se retrouve, en chair et en os, transplanté dans l'univers de sa vision. Son nouveau décor peut se situer à une autre époque, dans un autre pays et parfois même sur une autre planète. Le corps change aussi d'apparence, et la personne de nom, d'âge et de nationalité.

La gorge sèche, en proie à une intense excitation, je posai le livre sur le lit. Un rêve familier m'était immédiatement venu à l'esprit. Depuis des années, mes nuits étaient fréquemment troublées par ces images: une pièce austère aux épais murs de pierre. Elle contient un buffet, une table et une chaise taillés grossièrement dans un bois sombre. Dans un coin, il y a un lit étroit, recouvert d'une couverture usée. La fenêtre est petite, faite de petits carreaux sertis dans le plomb, comme au Moyen Âge, et elle est rayée de trois barreaux à l'extérieur. Quant à la porte, elle est massive et a une énorme serrure comme celle d'une prison.

J'avais vu si souvent cette pièce au plus profond de mon sommeil qu'elle m'avait inspiré le désir d'en savoir davantage, et je sentais que l'occasion m'était offerte de satisfaire enfin ma curiosité.

Sans réfléchir davantage, je décidai d'essayer d'entrer dans mon rêve en suivant la méthode indiquée dans le livre. Il ne me restait plus qu'à m'endormir en souhaitant que le songe habituel apparaisse.

La fatigue aidant, je ne tardai pas à m'assoupir. Peu après, les images familières vinrent soudain se dessiner sur l'écran noir de mon sommeil. Tous les détails de la pièce étaient précis, comme si j'assistais à un film, et j'étais encore suffisamment lucide pour contrôler la situation. Je prononçai alors le mot magique.

Je me sentis soudain propulsé à une vitesse vertigineuse dans un tunnel obscur, au bout duquel je plongeai dans une lumière aveuglante. Ma trajectoire dura peut-être une seconde et se termina par un choc.

Quand j'ouvris les yeux, j'étais allongé sur la couverture rugueuse d'un lit étroit et dur. Autour de moi, je reconnus le décor du rêve qui avait si souvent hanté mes nuits. Tout y était: le buffet, la table, la fenêtre à barreaux... La pièce était froide et sombre. Le sol était divisé en grandes dalles grises comme les murs.

J'abaissai mon regard vers mes pieds et découvris avec étonnement qu'ils étaient revêtus d'étranges chaussures cousues à la main. Je portais un ample pantalon de velours brun et une veste noire sans manches sur une chemise de toile blanche. J'eus rapidement la sensation que mon corps ne m'appartenait pas; il était plus grand que celui que j'avais laissé chez mon oncle et, à en juger par mon tour de taille, c'était celui d'un homme beaucoup plus âgé. Cette pensée me fit frémir: à quoi ressemblait mon visage? D'une main hésitante, j'examinai mes traits. Mon nez était assez fort et, à ma grande surprise, une courte barbe recouvrait mes joues! Quant à mes cheveux, ils étaient longs et bouclés.

La situation dans laquelle je me trouvais n'était pas un rêve; elle était bien réelle, comme ces membres vivants et fermes qui étaient désormais les miens. Le lit sur lequel j'étais assis n'était pas une image. Cette pièce froide et sinistre existait vraiment et elle ne rappelait aucunement la petite chambre que j'occupais quelques minutes plus tôt. Cette expérience, que j'avais prise pour un jeu, commençait à m'inquiéter.

Afin de tranquilliser mon esprit, je me levai et inspectai la pièce. Je palpai la pierre froide des murs, le dessus taché de la table. J'ouvris les tiroirs du buffet et y trouvai quelques vêtements et une Bible. La porte était fermée à clé de l'extérieur; à hauteur des yeux, elle comportait un judas fermé, lui aussi, de l'extérieur.

J'étais en prison! Je ne pouvais plus ignorer cette constatation effroyable: j'étais bel et bien prisonnier, enfermé dans un cachot dont je ne sortirais peut-être jamais.

Je n'avais pas encore examiné la fenêtre, sans doute par crainte de découvrir des détails qui ajouteraient à mon angoisse. Je m'en approchai lentement, les mains tremblantes. Après en avoir fait jouer le loquet, je la tirai avec quelque effort pour la décoller. Elle céda d'un coup, laissant entrer avec elle une bouffée d'air frais.

La fenêtre donnait sur une cour pavée, entourée de murs élevés et d'édifices à la façade lugubre. Ma cellule était sans doute au deuxième étage. Le ciel gris jetait sa lumière triste sur ce décor silencieux. Au milieu de la cour, il y avait une sorte d'estrade en bois sur laquelle se dressait... un gibet.

Mon regard descendit de l'extrémité de la potence jusqu'à la boucle de la corde qui se balançait mollement dans le vent. Terrorisé, mais incapable de détacher mes yeux de cet objet, je passai machinalement une main sur mon cou. Allais-je être pendu? Était-ce le sort qui m'attendait pour avoir été trop curieux?

Agrippé aux barreaux de la fenêtre, je restai longtemps immobile. Une immense tristesse s'était abattue sur moi. Des larmes coulèrent le long de mes joues et ma vue se brouilla.

J'aurais sans doute pleuré longtemps si un corbeau n'était venu se poser sur le gibet. Cet être vivant, le premier que je voyais depuis mon arrivée dans ce monde terrifiant, me tira de mon désespoir. Ce signe de vie extérieur me redonna un peu de force. Peut-être y avait-il moyen de sortir de cette situation.

Je courus à la porte et me mis à la frapper en criant. Le son de ma voix me surprit. J'avais de la difficulté à prononcer les mots de ma langue natale, comme si mes cordes vocales étaient engourdies.

Je heurtai le bois de mes poings pendant plusieurs minutes sans résultat. La lassitude vint à bout de moi et je m'assis à la table. Là, je m'accoudai et pris ma tête dans mes mains, essayant de ne penser à rien.

*

Quelques heures plus tard, j'entendis des pas de l'autre côté de la porte. Des verrous glissèrent et la porte s'ouvrit. Je vis alors apparaître un hercule chauve tenant un plateau contenant un bol, une cruche et une assiette. Le visage de l'homme reflétait une force calme et brutale. Sa taille massive était barrée d'un large ceinturon noir d'où pendait un trousseau de clés. Il ressemblait aux bourreaux des films d'aventures.

Il posa son plateau sur la table sans dire un mot.

Frappé par cette étrange visite, je sentis mille questions s'enchevêtrer dans ma tête et, pourtant, je ne pus qu'articuler:

— Quand vais-je sortir d'ici?

Mon gardien me regarda un instant de ses petits yeux gris insensibles.

— Dans deux jours, bien sûr, Herr Lenz.

Il tourna les talons et disparut. La porte se referma et claqua en résonnant. Les verrous grincèrent.

Herr Lenz! C'était mon nouveau nom! Et j'étais Allemand! J'en oubliai mon repas et passai une demi-heure à marcher de long en large en répétant ce nom qui était désormais le mien: Herr Lenz!

Je finis par m'asseoir et examinai le contenu de mon assiette. Une maigre tranche de porc était enfouie dans des haricots. Il y avait aussi un morceau de pain brun et, dans la cruche, de l'eau où se débattait une mouche.

*

Le reste de la journée me parut long. Mon inquiétude s'était un peu apaisée et avait fait place à la curiosité. Qui était cet Allemand dont j'occupais maintenant le corps et pourquoi était-il enfermé dans cette prison? À en juger par le mobilier de la pièce, si rudimentaire soit-il, j'avais droit à certains égards. J'aurais pu être enfermé dans un cachot humide comme une cave, enchaîné à un mur.

Quand vint le soir, je me couchai tôt, car la pièce était dépourvue d'éclairage. Je gardai mes vêtements pour me protéger contre le froid. Il devait être environ six heures, et je n'avais pas sommeil. Enroulé dans la couverture, je m'efforçai de réfléchir à la situation.

Puisque je devais sortir dans deux jours, mon cas n'était pas désespéré. Cela valait la peine d'attendre encore quelques jours avant de rentrer dans le vingtième siècle. Je n'en aurais que plus de souvenirs intéressants. De quoi écrire un livre. Aucun roman ou manuel d'histoire ne pouvait m'en apprendre autant. En fait, peut-être étais-je le seul homme au monde à vivre une telle aventure. Je deviendrais sans doute célèbre. On parlerait de moi dans les journaux, à la télé...

Mes pensées furent soudain interrompues par le hurlement d'un homme. C'était un horrible cri de douleur, long et désespéré comme la plainte d'un condamné que l'on torture.

Les mains crispées sur la couverture, je m'assis sur le lit, retenant mon souffle. Pendant plusieurs minutes, j'écoutai de toutes mes oreilles, attentif au moindre son. Une immense peur s'était emparée de moi et me rongeait le ventre et l'esprit. Je m'attendais à ce que la porte s'ouvre d'un moment à l'autre. Des soldats allaient entrer et m'infliger les pires supplices...

Je restai éveillé plusieurs heures, mais personne ne vint et aucun cri ne troubla de nouveau la nuit. Alors, je finis par succomber à la fatigue et m'endormis d'un sommeil peuplé d'affreux cauchemars.

*

Il faisait à peine jour lorsque je m'éveillai. J'avais froid et étais trop inquiet pour dormir davantage. Il fallait que je réfléchisse, que j'essaie de comprendre cette situation insensée.

Je m'assis sur le lit et, la couverture autour des épaules, j'entrepris de mettre de l'ordre dans mes pensées. Cependant, je réalisai bientôt que mes facultés étaient devenues étrangement lentes. Les mots qui défilaient dans mon esprit s'enchevêtraient dans une suite de sons à la fois bizarres et familiers: « *Ich bin gefange-*

ner... *Heidelberg... Ich komme aus Heidelberg... Alchemist...* » Des paroles insolites envahirent ma tête et des images surgirent de ma mémoire. J'avais l'impression de voir s'assembler les pièces d'un jeu de patience géant. Je découvrais mon autre moi, celui qui vivait dans le corps d'un alchimiste allemand, venu de la ville de Heidelberg. Je voyais des rues étroites et mal pavées... une maison bourgeoise de style ancien... des pièces sombres et décorées de meubles sculptés... Dans une salle basse de plafond se trouvait un bureau qui, je le savais, était le mien. Aux murs, s'alignaient d'innombrables livres en latin, en français, en allemand et en hébreu. Une table était couverte d'instruments étranges, d'éprouvettes, de boîtes contenant des poudres... il y avait aussi un crâne humain sur la cheminée.

Les souvenirs de Herr Lenz commencèrent à affluer. Je me rappelais mon départ pour la France, accompagné d'un serviteur. J'avais voyagé pendant de longues journées en diligence pour rendre visite à un gentilhomme nommé Gilles de Ribérac, un des maîtres de l'alchimie de notre époque. Je revoyais également notre arrestation par les soldats du roi. L'église nous considérait comme de dangereux sorciers, alors que nous étions des hommes de science à la recherche d'une connaissance pacifique et profonde. Je me souvenais aussi de mon procès, qui avait duré plusieurs jours. Gilles de Ribérac s'était défendu avec éloquence et dignité. Quel homme! J'avais été moins brillant. Le français n'était pas ma langue natale, et mes juges me reprochaient secrètement mes origines étrangères.

Je passai quelques instants à revivre les détails du procès, mais j'arrivai bien vite à sa conclusion. Le juge, pareil à un vautour dans sa robe noire, nous assena son verdict. Devant l'assistance composée de nobles et de riches bourgeois, il déclara de sa voix aigre :

— Friedrich Lenz de Heidelberg, vous êtes reconnu coupable de crimes envers l'Église et ses dogmes sacrés pour avoir pratiqué la sorcellerie en dépit des interdictions de Sa Majesté le roi de France. Vous êtes donc condamné à être pendu jusqu'à ce que mort s'ensuive. Votre exécution aura lieu dans sept jours. Que Dieu ait pitié de votre âme.

Brusquement, mes souvenirs se figèrent. Le sens de ma situation présente éclata dans ma conscience : j'étais condamné à mort ! Le gibet qui se dressait dans la cour allait servir à me pendre ! Je n'avais plus qu'un jour et une nuit à vivre !

Je me levai d'un bond et me mis à marcher en tous sens. Fou de peur, je gesticulais et heurtais les meubles, balbutiant des mots insensés auxquels se mêlaient des sanglots.

J'implorai le ciel de me porter secours. Mais au lieu de percevoir une solution, je me voyais en train de gravir les marches menant à la potence. Un bourreau en cagoule m'attendait, tenant la corde qu'il allait me passer autour du cou...

Un immense désespoir s'abattit sur moi. Je fondis en larmes et m'écroulai sur le lit.

Je pleurai ainsi pendant de longs moments, peut-être des heures. Cela eut pour effet de me calmer les nerfs et de me permettre de réfléchir un peu.

24

J'essuyai mes larmes et m'assis à la table. Il n'y avait qu'une manière de sortir d'ici: celle dont j'y étais entré. C'était évident. Pourtant il y avait plusieurs conditions au succès de cette entreprise. Il fallait que je rêve de l'endroit que j'avais quitté et que je sois capable de penser au mot magique au bon moment. Même si toutes ces conditions étaient réunies, rien ne prouvait qu'elles auraient de nouveau l'effet attendu. D'autre part, fallait-il encore que je me souvienne de la formule qui me tirerait de l'époque où je vivais actuellement. Or, pour l'instant, je l'avais complètement oubliée. De plus, j'avais de plus en plus le sentiment de devenir Friedrich Lenz. Mes souvenirs de garçon de quinze ans diminuaient, graduellement supplantés par ceux de l'alchimiste. Ma langue natale se mêlait étrangement à l'allemand et perdait rapidement du terrain. À ce rythme-là, j'aurais bientôt oublié toutes les années que j'avais vécues jusqu'à cette funeste nuit chez l'oncle Gérard.

Je creusai ma mémoire pendant des heures, m'arrêtant sur un son ou quelques syllabes en espérant que, de fil en aiguille, ils me feraient découvrir le précieux mot. Cette recherche n'aboutit à rien et je décidai de recourir au sommeil. Malheureusement mon état d'excitation était tel que j'eus beaucoup de mal à m'assoupir.

M'efforçant de ne penser qu'à la petite chambre de chez mon oncle, je parvins enfin à tomber dans une somnolence superficielle, envahie par diverses images flottant en désordre dans ma tête. Je ne saurai jamais jusqu'où m'aurait mené cette tentative, car je fus tout à coup éveillé par des bruits. On ouvrait la porte.

Je me redressai et vis entrer mon gardien. Il m'apportait à manger. Sans paraître se soucier de ma présence, il posa un bol de soupe et un morceau de pain sur la table.

L'idée me vint de comparer mes souvenirs d'alchimiste à ma situation présente.

— Où m'emmènera-t-on demain? demandai-je avec un accent étranger qui me surprit à peine.

Le visage porcin de l'homme exprima un léger étonnement.

— Mais... vous serez pendu, Herr Lenz.

— Pendu! répétai-je comme si mon sort m'était inconnu.

L'autre repartit.

*

Il me restait maintenant un soir et une nuit à vivre. Demain, on me réveillerait sans doute à l'aube et je serais conduit au gibet. J'imaginai la sensation rugueuse du chanvre autour de mon cou. Puis il y aurait une violente secousse au moment où le sol se déroberait sous mes pieds...

Je me mis à hurler de désespoir. Mon cri me rappela celui que j'avais entendu la veille. Je n'avais plus qu'une nuit à vivre. Une seule nuit pour échapper à mon horrible destin.

Le soir descendit. À travers les carreaux sales, une lune très pâle jetait sa clarté froide sur mon lit.

Il fallait à tout prix que je me rappelle la formule magique. Je procédai donc méthodiquement, essayant de me souvenir de chaque détail menant jusqu'au moment où ma transformation avait eu lieu. Je passai en revue dans ma tête les choses que j'avais apprises dans le livre, les explications qu'on y donnait pour réussir mon dangereux tour de force... Malheureusement ma mémoire était comme les eaux d'une mare boueuse. Elle était presque opaque, tant la personnalité de Friedrich Lenz dominait ma conscience.

Je recommençai plusieurs fois ma tentative sans réussir davantage. Au bout de quelques heures, je sentis un immense désespoir s'emparer de moi. Je savais désormais qu'il était inutile de m'obstiner. Le jeu prenait fin. J'avais joué ma vie et perdu.

Je me mis à pleurer silencieusement. Un autre aurait peut-être crié, cherché un passage souterrain, appelé le gardien et essayé de l'assommer... Moi, je n'avais plus de force. Je m'étais résigné à mon sort.

Un petit bruit attira mon attention. À la lueur de la lune, je vis quelque chose bouger sur mon lit. En regardant de plus près, je découvris une souris. Le petit animal grimpa craintivement sur ma jambe, hésita devant ma main, puis vint s'y loger. La présence de cet être minuscule me fit du bien. Cette compagnie, si inattendue soit-elle, fit naître un peu de chaleur en mon cœur. Tout en caressant du doigt le dos soyeux de ma visiteuse, je me mis à lui parler à haute voix, comme on parle à un ami.

— Petite souris, tu as plus de chance que moi. Je quitte la vie, mais toi, tu restes. On te voit à peine sur cette terre et tu ne comptes pas plus qu'un caillou. Pourtant, tu es bien vivante, tout comme moi. Je sens la chaleur de ton petit corps fragile et ton cœur qui bat sous ta peau. Est-ce que tu viens voir tous les condamnés à mort pour les réconforter au cours de leur dernière nuit? Combien en as-tu vus?

Mes larmes reprirent de plus belle. Je laissai aller la souris et m'abattis sur le lit pour mieux donner libre cours à ma peine. Peu à peu, mon désespoir se changea en lassitude et je finis par m'endormir.

Le bruit des verrous que l'on tirait m'éveilla. Ma dernière nuit était déjà finie. On venait me chercher pour me mener au gibet.

Mon gardien apparut, mais n'entra pas. À sa place, je vis une silhouette étrange pénétrer dans la pièce. C'était un homme en robe sombre, qui tenait une bougie à la main. Je ne voyais pas son visage, car il portait un grand capuchon. Je devinai que c'était un prêtre, venu pour recueillir mes dernières paroles et m'apporter quelque réconfort avant l'ultime voyage.

La porte se referma. L'homme posa le chandelier sur la table et me fit signe de venir à lui. Il releva rapidement son capuchon et le fit basculer en arrière. La faible clarté de la flamme me permettait à peine de distinguer son visage.

— Dépêche-toi, chuchota-t-il d'une voix qui me parut familière. Il ne te reste que quelques minutes avant l'arrivée des soldats.

Je me levai et le regardai de plus près. Ces yeux intelligents, ces cheveux ras et cette jolie barbe mêlée d'argent... je les avais déjà vus quelque part. Ils n'appartenaient pas aux souvenirs de Friedrich Lenz, mais aux miens. Seulement, ils me semblaient si lointains, comme perdus dans un brouillard opaque.

— Approche, murmura l'homme. Tu peux encore échapper à la mort.

Il me saisit par les épaules et, plongeant son regard dans le mien, commanda:

— Ferme les yeux et imagine une petite chambre aux murs peints en bleu. Devant le lit, il y a une commode en bois sombre surmontée d'un miroir ovale. À droite, il y a un placard. De chaque côté du lit, tu vois une chaise et, aux murs, il y a de vieilles photos prises en Afrique. L'une d'elles représente un homme blanc à moustaches à côté d'un sorcier noir. L'Africain porte toutes sortes de colliers autour du cou et il tient une lance à la main. Sur la couverture grise du lit, il y a un livre qui s'appelle *Les Portes secrètes du rêve*. Tu viens de le lire... Te rappelles-tu tout cela?

— Très vaguement. Je n'arrive pas à chasser les souvenirs de Friedrich Lenz.

À ce moment, j'entendis des bruits de pas martelant rythmiquement les escaliers. Ils semblaient se rapprocher rapidement.

— Les soldats arrivent. Je t'en supplie, concentre-toi! s'écria le prêtre. Tu t'appelles Pierre Girodet. Tu es en vacances chez ton oncle Gérard. Te voilà dans la petite chambre aux murs bleus...

Il décrivit de nouveau la chambre. De mon côté, je m'efforçai d'écarter toute autre image de ma tête. J'avais l'impression de chercher à recréer un passé qu'un magicien cruel avait effacé de ma mémoire.

La pièce que me décrivait l'homme m'était un peu familière, mais j'avais beaucoup de mal à l'imaginer avec netteté.

Le bruit de pas cessa et les verrous grincèrent. J'entendis alors le moine prononcer un mot étrange qui perça ma conscience et me fit l'effet d'une décharge électrique.

Je me sentis catapulté dans une sorte de cheminée qui déboucha sur une lumière aveuglante. Une seconde plus tard, je me trouvais dans la petite chambre aux murs peints en bleu. Assis sur le lit, à côté de moi, le prêtre — c'est-à-dire mon oncle Gérard — me regardait en souriant.

— Deux secondes de plus et tu étais bon pour la corde!

Ébloui, je regardai autour de moi. Je me sentais très faible, mais d'un calme profond et heureux.

— Mais comment as-tu deviné ce qui m'était arrivé? demandai-je d'une voix fatiguée.

— C'est simple. Tu avais laissé le livre ouvert à la page où est décrite l'expérience que tu as faite. Je t'ai rejoint de la même façon. Il faut dire aussi que je connais quelques autres trucs que tu n'as pas encore appris.

À cet instant, Sophie passa sa jolie frimousse dans l'entrebâillement de la porte.

— Pierre, lança-t-elle en souriant, je t'ai fait un gâteau et il est presque réussi!

— Ça veut dire qu'il n'est pas entièrement brûlé, chuchota mon oncle.

— Sophie, m'écriai-je, tes gâteaux sont formidables! Ils sont tellement meilleurs que le porc au haricot, le pain brun et la soupe!

Sophie arrondit les yeux et dit d'un air surpris:

— Depuis quand parles-tu avec l'accent allemand?

LE CHEF-D'ŒUVRE
DE SOPHIE

Sophie Lécureuil était une jeune fille douce et timide qui s'ennuyait beaucoup dans le bureau où elle travaillait. Elle passait ses journées dans une sorte de réduit sans fenêtre, qu'elle appelait son « placard à balais ». Là, au milieu d'énormes livres poussiéreux qui la faisaient éternuer, elle remplissait, l'une après l'autre, d'innombrables pages de chiffres. Parfois, elle s'endormait ou se plongeait dans de longues rêveries dont son chef, monsieur Raboutaud, la tirait sévèrement:

— Alors, mademoiselle Lécureuil, encore en train de rêver ! On ne vous paie pas à ne rien faire !

— Excusez-moi, monsieur Raboutaud, répondait Sophie.

Le chef de bureau n'était pas un méchant homme, mais il avait le don de la faire trembler par son regard fureteur, ses sourcils toujours froncés et son attitude soupçonneuse. Les mains derrière le dos, la tête rentrée dans les épaules, il aimait rôder silencieusement d'un bureau à l'autre et s'arrêter soudain derrière un employé pour inspecter son travail. Dès que Sophie remarquait son ombre ou le bruit de ses pas, elle sentait la panique l'envahir et sa main commençait à trembler. Alors, les chiffres qu'elle écrivait se bousculaient et escaladaient les interlignes. Elle se trompait de colonne, faisait des ratures et même des taches ! En effet, si rétrograde que cela puisse paraître, Raboutaud exigeait que les employés se servent de stylos à plume. Les stylos à bille, disait-il, bavaient et faisaient des traits dont l'uniformité manquait d'élégance.

D'un naturel réservé, Sophie ne participait guère aux conversations de ses collègues. D'ailleurs, elle ne trouvait jamais grand-chose à leur dire. Le grand Dupuis se passionnait pour le football et les autos. Mme Renard parlait toujours de sa maison. La petite Sylvie raffolait des acteurs de cinéma, et Raboutaud était obsédé par le travail. La seule personne dont Sophie aimait la compagnie était une dame plus âgée que ses autres collègues. Elle s'appelait Églantine Mercier et avait la voix douce, des manières un peu démodées et un sourire qui exprimait une grande gentillesse. Quand le temps était doux, elle et Sophie quittaient le bureau à l'heure du déjeuner pour aller s'asseoir dans un parc. Là, elles grignotaient un sandwich en écoutant les oiseaux chanter dans les arbres. Elles donnaient des miettes de pain aux pigeons ou admiraient les fleurs des parterres.

Souvent, Sophie disait à son amie:

— Comme mon travail est ennuyeux! J'ai l'impression d'être prisonnière. Si seulement j'avais une fenêtre, ce serait moins dur à supporter. Je vais finir par mourir dans ce placard à balais.

Églantine s'efforçait de la consoler et de lui parler d'un avenir plus souriant, mais Sophie retombait rapidement dans sa tristesse habituelle. Elle rêvait de voyages, de paquebots qui l'emmenaient vers des pays où le soleil est chaud toute l'année. Elle se voyait, un appareil photo autour du cou, au pied de magnifiques châteaux aux tours dentelées. Dans des rues étroites aux maisons bizarres, elle se mêlait à une foule vêtue de tissus aux riches couleurs. Elle entendait des langues étranges autour d'elle et découvrait des bijoux précieux fabriqués par des artisans portant turban. Montée sur un chameau, elle traversait des déserts brûlants et, à l'ombre des palmiers d'une oasis, se reposait en contemplant la silhouette d'une lointaine pyramide.

Les rêves de Sophie étaient d'autant plus somptueux que le cadre de sa vie quotidienne était terne. Une fois sortie du bureau, elle prenait le métro pour se diriger vers une banlieue grise dont les maisons se ressemblaient toutes. La sienne lui paraissait pire que les autres: elle avait l'élgance des boîtes en carton qui s'empilent derrière les supermarchés, et ses fenêtres étaient petites et étroites, comme pour limiter l'entrée de la lumière du jour. De plus, elle était coincée entre deux grands immeubles qui la privaient des rayons du soleil et l'enfermaient dans une ombre glaciale en hiver. Et, bien sûr, l'unique fenêtre du minuscule appartement de Sophie ne donnait pas sur la rue, mais sur le mur de l'immeuble voisin. Ce mur lui cachait le ciel et le feuillage des arbres; il éloignait même les oiseaux.

La jeune fille ne recevait jamais de visite. Seul un chat gris venait parfois se glisser à l'intérieur de son appartement. Elle ne savait pas à qui il appartenait; il venait du toit en longeant nonchalamment les gouttières et repartait comme il était venu.

Un jour où Sophie se plaignait de la grisaille de sa vie et, surtout, de la tristesse du bureau sans fenêtre où elle passait ses journées, Églantine lui dit:

— Peut-être pourrais-tu peindre une fenêtre sur un mur de ton bureau.

Sophie imagina un instant à quoi ressemblerait alors la « vue » qu'elle aurait de sa table de travail. Des images commencèrent à se former dans sa tête, et un paysage ensoleillé apparut. Elle en fit vite un décor de conte de fées, avec château, lac miroitant, épaisses forêts et montagnes à l'horizon.

— Mais c'est une idée formidable! s'écria-t-elle soudain. Comment n'y ai-je pas pensé plus tôt? Je vais en parler immédiatement à M. Raboutaud.

Une fois rentrée au bureau, Sophie alla voir son chef et lui exposa l'idée d'Églantine. Raboutaud l'écouta attentivement et, avec la gravité due à sa position, lui dit:

— Écoutez, mademoiselle Lécureuil, je comprends très bien votre situation, mais pour des raisons indépendantes de ma volonté, je ne peux pas vous autoriser à peindre sur un mur appartenant à la compagnie.

Déçue, Sophie s'excusa et sortit. La tête basse, elle se dirigea en traînant la semelle vers son bureau. Bien sûr, elle n'aurait pas dû y croire! Elle s'était laissée prendre à son propre rêve et, maintenant, son univers n'en était que plus désolant.

Elle s'était à peine assise que son chef entra.

— Mademoiselle Lécureuil... Vous savez, si vous accrochiez au mur un tableau ou une gravure, je pense que la compagnie ne soulèverait aucune objection. Bien sûr, il ne faudrait pas endommager le mur.

Un rayon de soleil perçant le plafond n'aurait pas eu plus d'effet sur la jeune fille. Un immense sourire éclaira son visage et ses yeux brillèrent de joie. Raboutaud en fut si surpris qu'il se demanda s'il ne venait pas de commettre une erreur.

Sophie remercia son chef... et passa le reste de l'après-midi à contempler le mur qui lui faisait face.

Sitôt sa journée de travail terminée, elle se leva d'un bond et, la tête haute et l'air résolu, elle se dirigea vers la sortie du bureau. Ses collègues, qui n'étaient pas habitués à la voir ainsi, la regardèrent avec surprise. Dupuis, se tourna vers Mme Renard et lui chuchota :

— La petite, elle est amoureuse.

Mme Renard ne répondit pas, mais s'empressa de rejoindre Sophie avant que celle-ci ne disparaisse dans l'escalier.

— Tu as l'air bien pressée, aujourd'hui, lui fit-elle en essayant de ne pas trop paraître curieuse.

— Oui, répondit Sophie. Je vais faire de la peinture.

— Ah! Tu vas repeindre ton appartement?

— Non, je vais faire un tableau.

La jeune fille partie, Mme Renard se laissa rattraper par ses autres collègues et, d'un air satisfait, leur confia la nouvelle. Dupuis secoua la tête d'un air pensif. La petite Sylvie dit simplement :

— Je ne savais pas qu'elle était artiste.

— Artiste... attention! corrigea Raboutaud.

— Vous avez vu ses œuvres? demanda Mme Renard.

Le chef s'offrit une pause et une moue de connaisseur, puis déclara:

— J'ai trouvé, par hasard, bien sûr, des dessins dans sa
corbeille à papier. Leur qualité laissait à désirer. Je lui
ai même fait remarquer que ce genre d'activité
n'avait pas sa place dans un bureau. Un lieu de
travail comporte des exigences qui...

Pour éviter d'en entendre d'avantage, les employés
se souvinrent tous à la fois d'une course à faire ou d'un
autobus à prendre. Raboutaud prit alors le chemin de
son domicile en marmonnant des mots que le vent
emporta: « travail... conscience professionnelle... exactitude... »

*

Sophie entra dans la bibliothèque. Sans se laisser
impressionner par les milliers de livres qui couvraient les
murs, elle se dirigea vers une dame assise derrière un
bureau métallique. Les lunettes en équilibre au bout du
nez, celle-ci faisait des mots croisés en s'aidant d'un
énorme dictionnaire.

— Pardon, madame, commença la jeune fille, je voudrais des livres sur la peinture.

40

L'autre fit remonter ses lunettes et releva la tête.

— À quelle période vous intéressez-vous?

— Toutes, répondit Sophie sans hésiter.

La bibliothécaire la regarda avec une pointe d'étonnement, puis la conduisit au fichier. Tout en feuilletant les cartes, elle lui dit:

— Voilà l'art classique... Maintenant, les impressionnistes... les surréalistes... les cubistes... Vous trouverez ces livres dans les rayons qui sont là-bas, près de la porte.

— Je voudrais aussi des livres pour apprendre à peindre.

La bibliothécaire eut un petit sourire amusé et lui montra où se trouvaient les livres qui l'intéressaient. Aussitôt, Sophie se lança à l'assaut des rayons. Pour atteindre les plus hauts, elle grimpa sur une échelle et dérangea même une souris en train de faire la sieste.

Deux heures plus tard, elle sortait de la bibliothèque, les bras chargés d'une énorme pile de livres qui lui montait jusqu'au nez. Comme elle ne pouvait voir où elle posait les pieds, elle trébuchait, manquait les trottoirs, hésitait sur une jambe et perdait même l'équilibre.

Une fois dans sa chambre, elle laissa tomber avec soulagement son fardeau sur son lit. Elle avala un sandwich et se plongea dans la lecture.

Il devait être au moins deux heures du matin lorsqu'elle se décida à dormir. Elle avait admiré des centaines de tableaux représentant les œuvres les plus célèbres du monde. Elle connaissait maintenant Léonard de Vinci, Monet, Picasso, Jackson Pollock et bien d'autres. Même si elle avait déjà oublié la plupart des noms des grands artistes qu'elle avait découverts, elle gardait en sa mémoire une multitude d'images ressemblant à celles qu'ils avaient créées. Elle savait aussi ce qu'il lui fallait pour peindre. Le jour suivant, elle achèterait un chevalet, une toile tendue sur un cadre, une boîte de peinture à l'huile, une palette, deux ou trois pinceaux et de l'essence de térébenthine pour les nettoyer.

*

Le lendemain, Sophie arriva au bureau à la même heure que d'habitude, c'est-à-dire en retard. Bien entendu, Raboutaud veillait près de la porte. Dès qu'il la vit, il releva sa manche d'un grand geste d'avocat et baissa les yeux vers sa montre. Sophie passa devant lui d'un pas léger et lui offrit un joyeux bonjour accompagné d'un sourire insouciant.

Le chef de bureau en demeura médusé. Pas le moindre mot d'excuse! Si encore elle avait eu l'air un peu coupable; mais ce n'était vraiment pas le cas! Raboutaud n'en revenait pas. Depuis qu'il la connaissait il n'avait jamais vu Sophie afficher une telle désinvolture. Elle était toujours si déprimée et si timide!

La jeune fille traversa le bureau sous les regards étonnés de ses collègues et s'assit à sa table. Sans se presser, elle ouvrit un livre de comptes, se cala confortablement sur sa chaise et se mit à contempler le mur, son stylo entre les dents.

Une heure plus tard, elle n'avait encore rien écrit.

Une fois remis de sa surprise, Raboutaud sortit de son bureau et alla rôder du côté de celui de Sophie. Mécontent de ce qu'il vit, il repassa quelques minutes plus tard.

Sophie n'avait pas bougé et souriait au mur.

Les autres employés observaient leur chef du coin de l'œil.

— Moi, je vous dis que la petite est amoureuse, glissa Dupuis à ses collègues.

— Quel obsédé! marmonna Sylvie en levant les yeux au ciel.

Après avoir fait semblant de chercher un dossier, Raboutaud, qui se savait épié, passa de nouveau devant le bureau de Sophie. Il y jeta un coup d'œil faussement surpris et entra.

— Mademoiselle Lécureuil, j'ai l'impression que votre travail n'avance pas beaucoup ce matin.

Sans même sursauter, Sophie leva lentement la tête et dit:

— Excusez-moi, monsieur Raboutaud, je rêvais.

C'en était trop. Le chef prit un air courroucé.

— Vous rêviez! Mademoiselle Lécureuil, je ne sais si vous vous rendez compte qu'il y a du travail à faire et que...

Il continua ainsi pendant quelques minutes et fit soudain demi-tour. Aussitôt, les machines à écrire et à calculer se remirent à crépiter. Quant à Sophie, elle fit glisser une facture vers elle en soupirant et commença à copier des chiffres.

Pendant le reste de la journée, elle réussit à paraître occupée et déjoua les ruses de Raboutaud, qui fit régulièrement des rondes dans son voisinage. À cinq heures moins cinq, elle se leva brusquement, empoigna son sac et son imperméable, et traversa le bureau comme une flèche. « Elle a un rendez-vous », fit Dupuis avec un sourire qui en disait encore plus long.

*

Après avoir acheté son matériel de peintre, Sophie rentra chez elle et installa le tout sous la lampe à l'abat-jour fêlé qui pendait du plafond. La langue entre les dents pour mieux se concentrer, elle fit des dizaines de croquis qu'elle jeta l'un après l'autre. Au bout de deux heures, elle s'arrêta, satisfaite de son dernier sketch. C'était le moment de le recopier sur sa toile.

Pendant qu'elle dessinait, le chat gris la regardait en battant la mesure de sa queue. De temps en temps, il clignait de l'œil comme un critique d'art devant le tableau d'un talentueux inconnu.

*

Chaque soir après le travail, Sophie courait chez elle pour continuer son tableau. Il lui arrivait de le recommencer tout entier. Sa grande palette bariolée à la main, elle s'acharnait à trouver les couleurs et les formes qu'elle avait imaginées. Jamais elle ne se décourageait, et il lui arrivait de peindre jusqu'à deux ou trois heures du matin. Bien sûr, elle avait du mal à se lever après avoir si peu dormi. Au bureau, ses rêveries se terminaient souvent par un petit somme dont Raboutaud la tirait avec indignation. Le pauvre chef de bureau songeait sérieusement à congédier la jeune fille, tâche qui lui était d'autant plus pénible que sa sévérité professionnelle cachait un cœur tendre.

Églantine Mercier crut bon de conseiller à Sophie d'être prudente si elle tenait à garder son emploi.

— J'essaierai, répondit la jeune fille, mais dès que j'entre dans mon bureau, je vois devant moi mon tableau fini. Il est tellement beau que tout le reste est sans importance. Quand je le regarde, je vis dans un monde où tout est magnifique, où il ne fait jamais froid, où on se sent toujours bien...

— Est-ce qu'il avance, ton tableau?

— Oui. Tous les jours, je l'améliore un peu. Je veux qu'il soit exactement comme ce que j'imagine dans ma tête.

Trois semaines passèrent, au cours desquelles Sophie travailla très peu au bureau, mais rêva beaucoup. Un lundi matin, on la vit arriver, épanouie, un grand paquet plat sous le bras. Aussitôt, ses collègues l'entourèrent, les yeux pétillant de curiosité.

Avec un sourire triomphant, la jeune employée posa soigneusement l'objet sur sa table et commença à le déballer en prenant son temps. Elle l'avait enveloppé de plusieurs feuilles de papier brun, pour mieux le protéger. Intrigués, les collègues retenaient leur souffle.

La dernière feuille de papier tomba enfin.

Des exclamations de surprise s'élevèrent de toutes parts. C'était un tableau représentant une fenêtre fermée. À travers les carreaux, on voyait une route serpenter au milieu d'un paysage ensoleillé et aller se perdre à l'horizon, au pied de montagnes arrondies. Dans une prairie parsemée de fleurs et d'arbres fruitiers se dressait un ravissant petit château au bord d'un lac.

L'exécution était parfaite et en tout point digne d'un artiste chevronné.

— C'est vous, mademoiselle Lécureuil, qui avez fait ça? demanda Raboutaud d'un ton admiratif.

— Tu as du talent, déclara Mme Renard.

La petite Sylvie s'écria:

— Qu'est-ce qu'il est beau ton tableau! Dis, Sophie, tu m'en feras un comme ça?

Dupuis se contenta de hocher la tête en regardant la jeune fille d'un œil où se lisait un mélange de respect et de désappointement.

Quant à Églantine, elle murmura d'une voix émue:

— Il est merveilleux ton tableau, Sophie. Absolument merveilleux.

Sophie accrocha son œuvre en face de sa table et, à partir de ce jour, passa le plus clair de son temps à la contempler avec tendresse.

＊

Les deux premiers jours, personne ne lui fit de remarque pour ne pas gâcher son bonheur. Après lui avoir accordé ce délai, Raboutaud lui rappela qu'elle devait travailler. Cette remontrance n'eut aucun effet, Sophie semblait hypnotisée par son tableau. Elle n'écrivait plus que quelques lignes de chiffres par jour.

Son chef finit par la menacer de la mettre à la porte si elle continuait ainsi.

Inquiète pour l'avenir de son amie, Églantine vint lui parler. Voici comment Sophie expliqua ce qui lui arrivait:

— Maintenant que j'ai une fenêtre, c'est bien pire qu'avant. Mon travail est devenu insupportable. Je ne peux plus rester enfermée. Je n'ai plus qu'un rêve: m'évader de ce placard à balais.

＊

Le lendemain, Églantine et Sophie allèrent déjeuner dans un jardin public. Quand elles rentrèrent au bureau, la jeune employée fit un petit signe de la main à son amie et ferma la porte de la pièce où elle travaillait. Comme c'était la première fois qu'elle s'enfermait ainsi, personne ne la dérangea.

Quelques minutes avant la fermeture du bureau, Sylvie frappa à sa porte. N'obtenant pas de réponse, elle ouvrit. La pièce était vide. Elle appela aussitôt ses collègues.

— Elle a dû sortir, dit le chef.

— C'est impossible, coupa Mme Renard. Il aurait fallu qu'elle passe devant moi, et je n'ai pas quitté ma place de tout l'après-midi.

— Moi aussi, dit Églantine, je suis certaine qu'elle est restée dans son bureau.

— Mais enfin, on ne disparaît pas comme ça ! s'exclama le grand Dupuis.

— Regardez, cria soudain Sylvie, la fenêtre du tableau... Elle est ouverte !

Tous les regards se tournèrent vers l'œuvre de Sophie.

— Et alors ? fit Dupuis.

— Eh bien, avant, elle était fermée ! précisa Sylvie avec conviction.

— C'est impossible, déclara Raboutaud.

— Je suis sûre qu'elle était fermée, insista Sylvie.

— Je crois que Sylvie a raison, dit Mme Renard, visiblement troublée.

Ce deuxième mystère était trop pour les collègues de Sophie. Ils regagnèrent leurs tables en silence, rangèrent leurs affaires et quittèrent le bureau en espérant que le lendemain apporterait une réponse à cette énigme.

Seule Églantine resta dans la pièce où son amie avait disparu. En examinant le tableau de plus près, elle découvrit un détail minuscule, gros comme une mouche, sur la route. Cela ressemblait à une silhouette humaine. Elle s'approcha à s'en frotter le nez sur la toile, plissa les yeux... et se redressa soudain pour courir jusqu'à sa table.

Elle revint aussitôt avec une loupe.

Penchée en avant, la main un peu tremblante, elle examina la toile avec la minutie de Sherlock Holmes. Un sourire se dessina bientôt sur ses lèvres.

Sur la route ensoleillée qui divisait le tableau, il y avait une jeune fille qui marchait d'un pas joyeux. Elle se retourna et fit en souriant un grand geste du bras.

C'était Sophie.

L'OMBRE

Pierre écrasait de ses mains crispées les touches du clavier électronique, faisant jaillir de son instrument des accords percutants et colorés. À la batterie, Larry martelait ses caisses et ses cymbales avec une passion démentielle. Le visage couvert de sueur et le regard fixe, il semblait hypnotisé par son propre rythme. À côté de lui, le grand Paul grattait de ses longs doigts maigres les cordes de sa basse, tout en hochant la tête comme un automate. Ma cousine Mathilde (sur scène, elle se faisait appeler Sonia) finissait de chanter les dernières paroles de sa chanson. Son visage pâle et ses cheveux blonds contrastaient avec ses habits de cuir noir. Elle lança la note finale de sa voix un peu rauque et replaça le micro sur son support. Larry fit crépiter ses roulements, Pierre intensifia son accompagnement et Paul s'obstina sur une note. C'était mon tour. Je m'avançai au centre de la scène. Baigné dans la lumière bleue du projecteur, je fis voler de ma guitare quelques notes longues et plaintives. Progressivement, je laissai mes doigts accélérer leur mouvement et courir d'un bout à l'autre du manche. Je terminai mon solo par une cascade de sons rageurs et étincelants qui se perdirent parmi les cris et les applaudissements des danseurs.

Je fis quelques pas en arrière pour laisser la place à Mathilde. Celle-ci prit le micro en me regardant d'un air étrange. J'étais content de mon solo. Mon ami Christian avait dû le remarquer. Je le cherchai des yeux dans la salle. Il n'était pas musicien, mais il aimait ce que nous jouions. Son domaine, c'était plutôt le hockey et la moto. Il nous accompagnait souvent à nos concerts. Comme il était d'une force peu commune, son aide nous était très utile quand il fallait installer ou remballer le matériel.

Je finis par le trouver. Il était toujours avec l'Américaine qu'il avait rencontrée au début du concert, mais il ne parlait pas. Il me regardait d'un air sérieux, voire soucieux, qui n'était pas dans son style.

*

Dès la fin de notre dernier morceau, je débranchai mon amplificateur et m'apprêtai à ranger ma guitare dans son étui. Presque en même temps, Mathilde et Christian arrivèrent, l'air excité.

— Yves, fit Mathilde, tu as vu ton ombre pendant que tu jouais?

— Mon ombre? Qu'est-ce qu'elle avait, mon ombre?

— Elle ne te ressemblait pas, répondit Christian en fourrageant d'un air embarrassé dans ses cheveux bouclés.

— Elle avait un long nez crochu et des oreilles en pointe, expliqua Mathilde.

— Vous avez réfléchi longtemps pour trouver une blague comme ça? demandai-je en riant.

— Ce n'est pas une blague, insista Christian.

Je les regardai l'un après l'autre sans croire un mot de leur histoire.

— Si vous m'aidiez plutôt à ranger les instruments? J'ai faim et je voudrais bien rentrer chez moi.

— Il ne nous croit pas, dit Mathilde. Christian, va chercher une lampe de poche.

Deux minutes plus tard, Christian revenait, armé d'une énorme lampe noire. Ma cousine sortit un petit miroir de son sac et me poussa vers un mur peint en blanc.

— Prends mon miroir et mets-toi comme ça, de profil, commanda-t-elle. Christian, éclaire-le de ce côté-là pour qu'on voie son ombre sur le mur.

Je poussai un cri de surprise. L'image projetée par le faisceau de la lampe avait un nez interminable qui se courbait comme un bec!

En tournant un peu la tête, je constatai que la partie supérieure de mes oreilles se terminait par une pointe! C'était comme si mon visage était entouré d'ailes de papillon!

Je me sentis pâlir et un frisson me grimpa le long du dos. Me tournant lentement vers mes amis, je demandai:

— Et... mon nez... il est comme ça?

— Non, il est normal. Et tes oreilles aussi, répliqua Christian.

— Mais je ne peux pas rester comme ça! m'écriai-je soudain avec des accents désespérés dans la voix.

— Écoute, fit Mathilde avec sa sagesse habituelle, si tu évites les projecteurs et le soleil, personne ne remarquera rien. Alors rentre chez toi et couche-toi. Demain, on trouvera une solution.

*

Après une nuit agitée, je fus réveillé par un coup de téléphone de ma cousine.

— Yves, tu es sauvé.

— Explique-toi, tu veux?

— J'ai trouvé quelqu'un qui s'occupera de ton cas. C'est une ombrologue.

— Une ombrologue! Je n'ai jamais entendu parler de ça.

— Et pourtant ça existe, insista Mathilde. Je lui ai même téléphoné. Tu as rendez-vous à quatorze heures, aujourd'hui même.

— Tu as vu le temps qu'il fait? Il y a un soleil à percer les murs! Je ne peux pas sortir. On va me remarquer tout de suite. On m'arrêtera pour me mettre dans un zoo ou un musée!

— Christian va venir te chercher avec sa moto. Comme il conduit comme un fou, personne n'aura le temps de voir ton ombre.

*

À l'heure convenue, je vis Christian s'arrêter devant mon immeuble. Je descendis les escaliers en coup de vent et enjambai sa moto comme les cow-boys sautent en selle dans les westerns. J'étais à peine assis que mon chauffeur démarrait en trombe. Presque désarçonné, j'agitai les jambes en tous sens pendant un instant pour retrouver mon équilibre. Je n'étais pas encore stabilisé qu'un violent coup de frein me projeta en avant. Je m'écrasai le nez contre le casque de Christian. Quelques secondes plus tard, la moto tourna d'un côté et je partis de l'autre. Par miracle, je réussis à m'accrocher à la ceinture de mon ami.

Le véhicule s'immobilisa soudain dans un hurlement de pneus.

— On est arrivé, fit Christian en souriant.

Le nez douloureux, je posai un pied tremblant sur le trottoir.

— Je reviendrai te chercher dans une demi-heure.

— Non, merci... je rentrerai à pied ou en autobus, m'exclamai-je précipitamment.

— Tu en es sûr?

Je renvoyai mon chauffeur et me dirigeai d'un pas pressé vers l'entrée d'un immeuble en briques. Au milieu de la liste de noms d'un tableau, je découvris celui de mon médecin: Claire Hobbescure, spécialiste des maladies de l'ombre.

Je m'introduisis dans une salle d'attente sans réceptionniste et m'assis près d'une petite table sur laquelle s'empilaient des revues. Dans un coin, un haut-parleur diffusait une musique fade et dépourvue de rythme. Aux murs, des images représentaient les différents organes du corps.

Une porte s'ouvrit et je vis apparaître une jeune femme à lunettes rondes. Elle avait les cheveux courts et très frisés, et portait une blouse d'un blanc éclatant. Son sourire me mit tout de suite en confiance et je la suivis dans une pièce qui ressemblait au studio d'un photographe. Il y avait des écrans, des projecteurs et divers appareils électroniques.

Mademoiselle (ou madame) Hobbescure me pria de m'asseoir devant son grand bureau métallique et commença à me poser une série de questions en écrivant sur une grande feuille de papier.

— Nom... Prénom... Adresse... Numéro de téléphone... Merci. Profession?... Guitariste de rock! Intéressant. Moi, je dois dire que j'ai une préférence pour la musique classique. Mozart, surtout... Maintenant, dites-moi ce qui vous amène.

Je lui décrivis ce que j'avais vu la veille dans le miroir de ma cousine. Après m'avoir écouté attentivement, la docteure m'invita à me placer devant un petit écran et braqua une lumière aveuglante sur mon visage.

— Je vois, fit-elle bientôt en hochant la tête.

— Qu'est-ce que j'ai? demandai-je sans remuer les lèvres.

— Une maladie sans gravité. Avec une petite intervention chirurgicale, il n'y en aura plus aucune trace.

— Il va falloir m'opérer!

— Rassurez-vous, vous ne sentirez rien. C'est votre ombre qui a besoin d'être opérée, pas votre corps. Asseyez-vous là.

— Dites-moi, c'est courant comme maladie ou c'est la dernière que viennent d'inventer les médecins?

— C'est beaucoup plus fréquent qu'on ne le pense, précisa la savante demoiselle, mais les malades n'en parlent pas, car ils trouvent ça incompréhensible.

La praticienne se munit d'une lampe en forme de stylo et en brancha le cordon dans une prise de courant. Suivant ses gestes dans un miroir, je la vis diriger son appareil vers l'écran. Le faisceau y dessina un trait gros comme une allumette, mais très lumineux. Elle le plaça sur le nez de mon ombre et se mit à le scier d'un petit mouvement précis. Elle s'attaqua ensuite à mes oreilles. En quelques minutes, l'ombre de mon visage avait retrouvé sa forme habituelle.

Ravi, je payai ma bienfaitrice et lui demandai s'il y avait des risques de rechute.

— Ça arrive, répondit-elle posément. Je vous conseille d'éviter le soleil et les lumières fortes pendant une huitaine de jours. Les ombres aiment la lumière; ça leur donne de la vitalité.

— Dois-je prendre des médicaments?

— Non. Il n'en existe pas pour ce genre de maladie, mais prenez cette petite lampe. Si votre ombre se déforme de nouveau, faites ce que vous m'avez vue faire sans tarder. Si ça s'aggrave, revenez me voir.

J'empochai la petite lampe en plastique et remerciai la docteure Hobbescure.

*

Au cours des jours qui suivirent, je m'efforçai de fuir le soleil et les lumières de toutes sortes. Quand je jouais sur scène, j'interdisais que l'on braque les projecteurs sur moi, prétextant quelque irritation des yeux qui me forçait à porter constamment des lunettes noires.

Les semaines passèrent et me firent presque oublier mon étrange mésaventure. Je me faisais de nouveau bronzer sur mon balcon et laissais les projecteurs m'envelopper de leur glorieuse lumière. Mon orchestre avait plus de succès que jamais et nous venions de passer un après-midi chez un photographe à faire une série de photos pour la pochette de notre premier disque.

Quand les photos furent prêtes, j'allai les voir en compagnie des autres membres de l'orchestre, sauf notre pianiste. Pierre faisait confiance à notre bon goût et préférait la compagnie de son ordinateur. Il avait la passion des claviers.

Les photos étaient splendides. Je me trouvais particulièrement en valeur: mon costume blanc m'allait parfaitement; il laissait deviner ma taille fine et mes muscles saillants. Quant aux autres musiciens, ils étaient aussi formidables. Surtout Mathilde, elle avait l'allure d'une grande vedette.

Christian, qui était venu avec nous, était encore plus enthousiaste. C'est pourtant lui qui s'écria soudain :

— Yves ! Regarde ton ombre sur la photo !

J'avais eu tant de plaisir à m'admirer que je n'avais pas remarqué un détail horrible : mon ombre était flanquée de ridicules oreilles pointues !

*

Sitôt rentré chez moi, je cherchai la petite lampe que m'avait donnée la docteure Hobbescure. Je la retrouvai sous un tas de disques et appuyai sur le commutateur. Rien.

Je l'ouvris et me rendis compte qu'elle avait besoin d'une pile.

Sans perdre une minute, je courus au supermarché voisin. En sortant, j'entendis une petite voix qui me fit frémir :

— Maman, regarde les grandes oreilles !

À côté de moi, un petit garçon pointait le doigt vers mon ombre. Celle-ci s'étirait insolemment sur le trottoir et se terminait par d'énormes oreilles, bien plus grandes que celles que j'avais vues sur les photos. Elles grandissaient donc !

Je m'enfuis à toutes jambes et achetai une demi-douzaine de piles avec l'impression d'être traqué.

De retour chez moi, je m'armai d'un miroir et dirigeai ma lampe de bureau vers ma tête. Maintenant, il me fallait orienter avec précision la petite lampe vers l'ombre grotesque qui se dessinait sur le papier peint à fleurs jaunes. L'opération était plus difficile que je ne l'avais pensé, car le miroir inversait la direction de mes mouvements.

Je me mis à scier maladroitement mon oreille gauche.

Le travail terminé, je n'avais plus d'oreille de ce côté de mon visage et la moitié de la joue manquait!

Quel désastre! Je ne pouvais pas continuer moi-même. J'appelai Mathilde. Elle n'était pas chez elle. Restait Christian. Je n'avais guère confiance en sa dextérité pour une tâche aussi minutieuse, mais c'était mon meilleur ami et je savais qu'il ferait de son mieux.

Une demi-heure plus tard, il était chez moi.

— Entraîne-toi d'abord sur l'ombre des objets, lui conseillai-je prudemment.

Christian alluma la lampe et se mit à sabrer allégrement les ombres des meubles, des vases et de tout ce qui était à portée de sa main.

— Vas-y doucement! m'écriai-je. Ce n'est pas un bâton de hockey. Tu peux mutiler mon ombre d'un geste maladroit.

— Elle ne pourrait pas être pire, fit-il en souriant.

Il se mit au travail. Tout en sifflant négligemment, il taillait mon ombre avec un entrain qui me remplissait d'effroi.

Au bout de deux ou trois minutes, il s'arrêta d'un air satisfait, pencha la tête d'un côté comme un artiste admirant son tableau et dit:

— J'ai fini. Regarde.

Je levai le miroir et manquai le laisser tomber presque aussitôt.

À la place de la tête, mon ombre n'avait plus qu'un ridicule petit triangle qui lui faisait ressembler aux panneaux de signalisation que l'on voit le long des routes.

— Mais qu'est-ce que tu as fait? hurlai-je.

— Bah, j'ai dû retailler un petit peu l'autre côté aussi pour égaliser. J'en avais trop enlevé à gauche.

— Et si je reste comme ça toute ma vie?

— Ce n'est pas pire que d'avoir une ombre avec des oreilles d'éléphant.

Il avait raison, mais ça n'excusait pas sa maladresse.

— Il faut que les oreilles repoussent. Je ne peux pas rester comme ça, déclarai-je.

— Qu'est-ce qui les avait fait pousser?

— Je ne sais pas.

— Et si c'était les lampes du photographe?

Je réfléchis un instant. Christian avait raison. Il n'y avait pas d'autre explication.

Je courus chercher le flash de mon appareil photo et le tendis à mon ami.

— Vas-y. Jusqu'à ce que les piles soient mortes.

*

Ma solution eut l'effet attendu. Le lendemain, les oreilles de mon ombre avaient repoussé. Et elles étaient de belle taille! Quant au nez... on aurait dit une corne!

Avec l'aide de Mathilde, je coupai ces excroissances malvenues.

Une semaine plus tard, elles avaient réapparu.

On les recoupa. Elles revinrent.

Je téléphonai à la docteure qui m'avait soigné. Elle m'avoua qu'il n'y avait rien à faire. Des recherches médicales étaient en cours, mais elles n'avaient pas encore abouti, faute de fonds et, surtout, d'intérêt de la part de l'industrie pharmaceutique, qui n'y voyait aucune source de profits.

Ma décision fut bientôt prise, mais je ne la confiai à personne, de peur qu'on essaie de me dissuader. J'allais tenter de séparer mon ombre de mon corps.

Un dimanche soir, alors que la plupart des gens qui ne sont pas musiciens dorment à poings fermés, je me préparai à exécuter mon projet. La petite lampe en main, debout près d'une ampoule de 150 watts placée de manière à projeter mon ombre sur le plancher, j'étais prêt.

Avec beaucoup de soin, je commençai à scier l'ombre tout autour de mon pied gauche. Un petit morceau se décolla tout d'abord vers le talon, puis la jambe de mon ombre se détacha tout entière de la mienne. Elle resta un instant immobile et se mit à tressauter. Tout à coup son genou se plia. Elle s'allongea de nouveau et s'agita dans tous les sens comme si elle était heureuse d'être libre.

Je me mis à découper la deuxième jambe et, en quelques coups de mon bistouri lumineux, elle céda. Tout comme l'autre, elle hésita un peu avant de bouger, puis elle s'anima et, à ma grande surprise, je vis mon ombre marcher sur le sol, aller jusqu'au mur et se diriger vers la porte d'un pas léger mais déterminé.

Il me fallut quelques minutes pour m'habituer à ma nouvelle solitude. On ne s'occupe jamais de son ombre, mais quand on sait qu'on l'a perdue, on ne peut pas s'empêcher de regarder si elle ne traîne pas d'un côté ou de l'autre. Je m'arrêtai devant chaque lampe et tournai brusquement la tête pour surprendre mon ex-compagne. Elle avait bel et bien disparu.

J'allai me regarder dans la grande glace de la salle de bains. Je n'avais pas changé, sauf qu'il y avait quelque chose de lumineux dans ma personne. À vrai dire, je trouvais que cela m'allait assez bien et j'étais plutôt satisfait du résultat de mon entreprise. Restait à voir ce que le reste du monde en penserait.

*

La première fois que je sortis dans une rue ensoleillée, personne ne remarqua rien. Au début, j'évitai les endroits peu fréquentés, car on m'aurait remarqué plus facilement. Mais je finis par réaliser que les gens ne s'occupaient pas plus de l'ombre des autres que de la leur. C'était une chose qu'ils s'étaient habitués à avoir et ils ne pouvaient pas imaginer qu'elle manque. Par conséquent, ils la voyaient sans la voir.

Quand j'étais sur scène, personne, hormis les autres musiciens et Christian, ne remarquait rien. Ce qui intéressait le public, c'était moi avec mes cheveux aux couleurs bizarres, mes vêtements collants, ma chemise largement ouverte sur ma poitrine bronzée, mes contorsions et les solos fougueux de ma guitare étincelante.

On me disait souvent que j'avais un teint éclatant, que je rayonnais... J'en étais très flatté, sauf le jour où cette particularité de ma personne attira en pleine rue une bande de touristes portant turbans. L'un d'entre eux avait remarqué l'absence de mon ombre et en avait informé les autres. Après avoir échangé un flot de paroles incompréhensibles en gesticulant, toute la bande s'était mise à genoux, face contre terre, pour m'adorer. J'avais dû sauter promptement dans un taxi pour éviter d'être à l'origine d'une nouvelle religion.

*

Je ne revis pas mon ombre pendant plusieurs semaines. Je me demandais parfois où elle était et ce
qu'elle pouvait bien faire, mais je vivais tout de même
très bien sans elle. De plus, je me passais aisément des
formes ridicules qu'elle se donnait et des problèmes que
cela me causait.

Une nuit, un bruit venant de la rue me réveilla. Je
regardai l'heure et jetai un coup d'œil circulaire dans la
pièce. Tout était sombre, sauf un quart du mur opposé à
la fenêtre: la lune y dessinait un grand écran blanc. Mes
yeux allaient se refermer lorsque je vis soudain une
silhouette se profiler sur le mur. Il y avait un homme
chez moi!

Terrorisé, je m'emparai de l'oreiller et m'y cram-
ponnai comme un naufragé à sa bouée. C'était à la fois
mon arme et mon bouclier.

L'intrus avançait lentement en direction de mon lit.

Je ne pouvais pas attendre ainsi qu'il m'enfonce un
couteau dans la poitrine ou qu'il m'assomme. Il fallait
que j'agisse, ne serait-ce que pour me soulager de
l'anxiété de cette horrible attente.

Je cherchai à tâtons l'interrupteur de ma lampe de
chevet. Quand je trouvai enfin le bouton, je le tournai
d'un seul coup.

La lumière inonda la pièce.

Il n'y avait personne d'autre que moi!

Je me levai d'un bond et, le cœur battant, me mis à regarder de tous les côtés. Je fouillai sous le lit, derrière les fauteuils, dans les placards et dans les autres pièces. La porte était toujours fermée à clé.

Personne!

Je n'avais pourtant pas rêvé. J'étais sûr d'avoir vu quelqu'un.

Comme la clarté de la lune entrait par la fenêtre, c'était peut-être de ce côté-là qu'il fallait regarder. Mais le moustiquaire était toujours en place; j'habitais au quatrième étage et il était pratiquement impossible de grimper jusque-là de l'extérieur.

J'allai prendre une boîte de jus d'ananas dans le réfrigérateur.

Tout en buvant à petits coups, j'essayai de réfléchir. Tout cela était étrange. Je commençais à me demander si je n'avais pas affaire à un fantôme.

J'écrasai la boîte entre mes doigts et la jetai dans la poubelle.

Plus je réfléchissais, moins je trouvais de solution. Je décidai donc de me recoucher.

Au moment de franchir le seuil de ma chambre, j'eus conscience d'un mouvement dans un coin du salon. Je m'arrêtai, retenant mon souffle, et pris sans bruit un vase qui se trouvait à ma portée. Ce serait mon arme.

Je vis alors se découper une ombre humaine sur le mur mal éclairé de la petite pièce. La silhouette bougeait lentement, avec un peu d'hésitation dans les mouvements.

Je regardai du côté de la lumière pour découvrir à qui appartenait cette ombre. Il n'y avait personne. Rassuré, j'observai la silhouette avec soin et m'en approchai même de quelques pas. Elle avait les épaules larges et la taille fine. Ses cheveux semblaient se dresser tout droit sur sa tête et se terminer, dans le dos, par une sorte de petite queue en tire-bouchon. Le nez paraissait court et un peu relevé. C'était un homme. Voilà tout ce que je pouvais distinguer.

Une idée germa en ma tête et fit naître un sourire sur mon visage. Cette ombre me ressemblait. Ce ne pouvait être que la mienne. Elle était revenue!

Je me laissai tomber sur une chaise et me mis à rire en me tapant sur les cuisses. Un peu penchée en avant, l'ombre semblait me regarder avec étonnement.

— Alors, tu es revenue? lui lançai-je.

L'ombre hocha la tête.

— Tu m'as fait peur. Il y a longtemps que tu es revenue?

Elle secoua la tête.

— Tu comptes rester ici? demandai-je encore.

Elle fit de nouveau oui, d'un geste du menton.

— Alors, écoute, tu peux rester ici tant que tu veux, mais sois discrète quand j'aurai de la visite et évite de te promener sur le mur de ma chambre quand je dors. Bonne nuit.

*

À partir de ce jour, je revis souvent mon ombre. Elle me suivait d'une pièce à l'autre. La plupart du temps, elle s'arrangeait pour être dans mon champ de vision et me faisait un petit signe amical quand je rentrais ou sortais de la maison.

Un jour, je la vis danser au son de la musique que diffusaient mes haut-parleurs géants. Une autre fois, elle essaya de jouer de la guitare (d'une ombre de guitare, bien sûr); elle se tortillait et battait du pied comme moi sur la scène. J'avais de plus en plus l'impression qu'elle voulait attirer mon attention. Elle se rapprochait au point de se tenir tout près et me regardait sous le nez avec une insistance un peu embarrassante.

Un autre fois, elle me suivit jusque dans la rue. Alors, je me fâchai.

— Écoute, lui dis-je, tu vas me faire remarquer. Si on te voit à côté de moi, on va trouver ça bizarre et on verra aussi que je n'ai pas d'ombre. Reste à la maison ou, si tu veux sortir, ne me suis pas!

Elle fit lentement marche arrière, comme à contre-cœur, et s'éloigna.

Quelques jours plus tard, je la surpris dans un coin de notre salle de répétition. Pendant que les autres musiciens se mettaient d'accord sur les arrangements d'une chanson, je me dirigeai vers elle et lui braquai une lampe de poche en plein visage. Elle disparut aussitôt. J'avais en effet constaté que, depuis qu'elle était séparée de mon corps, elle craignait les lumières intenses.

Le soir même, quand je la revis, elle était pâle et semblait sans force. La tête baissée, elle marchait difficilement et restait dans les coins les plus sombres de l'appartement.

À mesure que les jours passaient, elle perdait la vitalité que je lui avais connue les premiers jours suivant son retour. J'avais l'impression qu'elle dépérissait et s'effaçait lentement. Bientôt, elle deviendrait invisible.

Je me passais facilement d'elle depuis plusieurs semaines, et pourtant, l'idée de la perdre définitivement m'inquiétait. Cela signifiait que je serais à jamais un homme sans ombre. De plus, l'idée de la voir mourir me dérangeait comme si c'était une partie de moi-même qui s'en allait.

Je décidai de la questionner.

— Tu vas disparaître pour toujours?

Elle hocha tristement la tête.

— Préférerais-tu rester?

Elle s'empressa de faire oui.

— Qu'est-ce qu'il faudrait faire pour que tu restes?

Elle allongea le pied vers mes jambes et s'arrêta sur la chaussure.

— Tu veux te ressouder à mon corps? m'écriai-je.

Elle remua la tête affirmativement.

Je me rendais compte qu'il fallait me décider bientôt. Je devrais vivre avec elle attachée à mes pieds ou ne jamais plus avoir d'ombre. Ce « jamais » me faisait maintenant un peu peur.

Je soupirai un grand coup et déclarai:

— Je te reprendrai à une condition: tu ne t'amuseras plus à te laisser pousser le nez ou les oreilles. Tu te contenteras de me ressembler. C'est compris?

Elle dit oui à sa manière.

— Bien. J'accepte.

Alors l'ombre s'approcha doucement de moi. Elle s'allongea sur le sol et glissa ses pieds dans les miens. Elle me montra du doigt l'interrupteur.

J'allumai la lumière.

La clarté de la lampe se répandit dans la pièce. Étalée sur le plancher, une silhouette sombre et bien définie prolongeait mes jambes.

Je glissai un pied de côté. L'ombre suivit fidèle-
ment. Je fis de même de l'autre. Même résultat.

Mon ombre fit alors un petit geste de la main, le
dernier qui ne ressemblât pas aux miens. Elle disait
adieu à son indépendance... ou bienvenue à notre
réunion.

LA MORT MYSTÉRIEUSE
DE KOMAL SINGH

Mireille n'avait pas envie d'écrire son article sur la cuisine indienne. Elle ne savait là-dessus que ce qu'elle avait lu dans une revue dénichée chez un marchand de livres d'occasion. De plus, elle n'avait jamais goûté le moindre plat indien et il n'y avait aucun restaurant dans la région qui puisse lui permettre de se faire une opinion.

C'était toujours la même chose : on lui confiait les articles les moins intéressants. Voilà un an et demi qu'elle était journaliste à *La Gazette du matin* sans avoir jamais rien écrit d'autre que des recettes de cuisine, quelques mots sur la mode ou les accidents de la circulation, de maigres colonnes sur les événements locaux les moins importants et un ou deux comptes rendus sur des expositions de peintres inconnus.

Comme une écolière devant un devoir ennuyeux, la jeune fille se mit à dessiner des moustaches sur le visage de Mme Kumbha, auteure de l'article dans lequel elle devait découvrir les secrets de la cuisine dont se délectaient les rajahs de l'Inde depuis des siècles. Elle ajouta des lunettes, un chapeau à plume et une pipe au portrait. Elle allait compléter le tableau d'une ceinture, d'un pistolet et de bottes de cow-boy lorsque la porte de son bureau s'ouvrit. La tignasse rouge de Marcel Latulipe embrasa un instant son champ de vision.

— Mireille, Bob veut te voir.

L'incendie disparut aussitôt. « Dans ce métier, on n'a jamais le temps de bavarder, songea Mireille ; on est toujours pourchassé par les dates limites. »

Plutôt satisfaite d'avoir une excuse pour oublier un instant ses préoccupations gastronomiques, elle se leva et se dirigea vers le bureau de Bob Duchamp.

La tête chauve du rédacteur en chef émergeait d'une pile de papiers et de journaux dont certains dataient de plusieurs années. Bob leva la tête et braqua un regard fatigué sur la jeune journaliste. Avec ses grosses lunettes à monture d'écaille et sa moustache roussie par les cigarettes, il n'avait rien d'un homme d'action. Pourtant, il avait sillonné le monde et, dans sa jeunesse, écrit ses articles dans des circonstances périlleuses. On l'avait vu se faufiler parmi les émeutiers des villes de l'Europe de l'Est, au risque de se faire écraser par les chars gouvernementaux. Il s'était mêlé à des rebelles armés du Moyen-Orient et avait été fait prisonnier. En Amérique du Sud, il avait vécu dans la jungle aux côtés de dangereux guérilleros barbus. Dans une bataille où il prenait des photos, une balle lui avait traversé la jambe. Depuis, il boîtait un peu.

Le rédacteur en chef écrasa sa cigarette et dit d'une voix enrouée:

— Mireille, j'ai quelque chose pour toi.

— Je parie que c'est mon tour de faire les décès, fit la jeune fille avec un sourire résigné.

— Non, tu vas au musée.

— Au musée! Après la bibliothèque, c'est le musée. Le vivant, l'action, ce n'est pas pour moi! On ne m'enverrait pas interviewer un chanteur à la mode ou couvrir le festival de Cannes. Non! Je vais tenir compagnie aux momies!

Bob Duchamp était toujours pressé, mais il avait trop d'expérience pour ne pas comprendre les déceptions des jeunes journalistes.

— Écoute, Mireille, c'est une occasion de faire un article qui pourra avoir de l'influence sur beaucoup de gens.

— Qui, par exemple?

— Les enfants des écoles. On cherche à attirer leur attention sur les curiosités de notre musée municipal. Tu as la possibilité d'éveiller le goût du passé, de l'aventure et de la beauté chez des êtres totalement ouverts à la découverte.

— Bob, tu en parles si bien que tu pourrais écrire cet article sans sortir de ton bureau.

Voyant que son manque d'enthousiasme était sans effet sur la décision de son collègue, Mireille demanda:

— Quand est-ce que j'y vais?

— Ce soir, si possible. Je t'ai eu une autorisation, que voici, pour que tu puisses rester après la fermeture si tu le veux. Tu pourras écrire sans être dérangée et même prendre des photos.

Mireille empocha l'autorisation et retourna à son bureau.

Elle se remit à feuilleter distraitement sa revue culinaire, tout en songeant que, si elle restait à *La Gazette du matin,* elle n'écrirait jamais rien de plus intéressant que des recettes de cuisine. Si Bob avait roulé sa bosse aux quatre coins du monde, c'était pour le compte de grands journaux.

*

Mireille arriva au musée un peu avant la fermeture. Elle montra son autorisation à un employé pressé de rentrer chez lui. Celui-ci la présenta au veilleur de nuit, un grand homme maigre au visage pâle, qui lui jeta un regard froid et indifférent. La jeune fille lui trouva une tête de vampire.

Le gardien l'accompagna sans parler jusqu'au milieu de la salle centrale du musée. De grandes colonnes de marbre brillaient d'un éclat feutré à la lumière d'un immense lustre de cuivre et de cristal. La vaste coupole de verre qui coiffait l'édifice se teintait des couleurs du soir.

À l'entrée d'une galerie, l'homme s'arrêta et déclara avec un sourire sinistre :

— Je vous laisse ici. Si vous faites de mauvaises rencontres, criez fort. Je vous entendrai peut-être.

— Qui est-ce que je pourrais bien rencontrer, maintenant que tout le monde est parti ?

— La nuit apporte bien des surprises dans un musée, fit simplement l'autre avant de disparaître derrière un pilier.

« Quel drôle de type ! », se dit la jeune journaliste, non sans ressentir un vague malaise. « Il y a des gens qui prennent plaisir à effrayer les autres. »

Elle commença à se promener de salle en salle, espérant que quelque objet attirerait son attention et lui donnerait des idées pour son article. Malheureusement, tout lui faisait un effet de déjà-vu désespérant. Les poteries chinoises se ressemblaient toutes et les minuscules statuettes d'ivoire sculpté ne lui auraient pas inspiré plus de cinq lignes. Quant aux bouddhas ventrus en bronze ou en jade, ils avaient le même sourire somnolent que ceux que l'on voit dans tous les restaurants chinois. La peinture ne l'impressionnait guère plus : c'étaient des collines abruptes ou des branches de bambou qui semblaient avoir eu le même modèle.

Mireille s'attarda ensuite parmi les antiquités égyptiennes sans ressentir beaucoup plus d'enthousiasme. Les sarcophages blancs peints de hiéroglyphes lui semblaient d'un goût trop macabre, et les dessins d'esclaves et de pharaons, tous vus de profil, lui paraissaient figés et maladroits. Seul un petit bijou d'or incrusté de lapis-lazuli capta son intérêt. Elle l'aurait volontiers porté en broche ou en pendentif s'il n'avait fait partie du bric-à-brac accompagnant une princesse dans sa tombe.

La journaliste erra avec autant d'indifférence dans d'autres salles et finit par s'asseoir sur un banc devant une vitrine de curiosités provenant de l'Inde. Elle n'avait aucune envie d'écrire cet article pour des enfants qui, de toute façon, préféraient les jeux vidéo ou un concert de rock à une visite au musée. Elle se sentait à la fois ignorante et découragée. Rien ne l'inspirait ce soir, et ce n'était pas parce qu'elle n'avait jamais eu beaucoup de goût pour l'histoire. Elle en avait simplement assez de faire un travail qui l'éloignait de la vie et ne correspondait pas à ce dont elle avait rêvé.

Affalée sur le banc, elle regardait, sans la voir, la vitrine qui contenait des vêtements ayant appartenu à un jeune noble du Rajasthan au dix-huitième siècle. La longue veste cintrée à la taille faisait une tache blanche sur le fond brun. Il y avait d'autres objets tirés de la garde-robe du même personnage: des bottes de cavalier, une ceinture ornée de pierreries, un turban de soie orange et un poignard finement ouvragé. Mais Mireille ne voyait aucun de ces détails. Elle somnolait comme les gens qui rentrent chez eux en train, après une longue journée de travail. Le regard accroché à un petit portrait du prince hindou, elle avait sombré dans un demi-sommeil que sa position rendait inconfortable et précaire.

Les yeux mi-clos, elle glissait doucement dans le rêve. Les longues notes d'une musique plaintive tintaient dans ses oreilles, se mêlant à des images de vastes tentures rouge et or encadrant des fenêtres sculptées comme de la dentelle. Au milieu d'une pièce richement décorée, debout sur un grand tapis de style arabe, un jeune homme mince et élégant semblait absorbé dans une profonde réflexion. Les mains derrière le dos et la tête inclinée, il faisait quelques pas hésitants, puis s'arrêtait et revenait en arrière. Une mince barbe brune disparaissait sous les plis d'un turban orange, encadrant un visage fin dont les grands yeux noirs exprimaient une tristesse infinie. Dans un coin, un musicien aux bras nus laissait courir ses longs doigts sur les cordes d'un sitar.

Assis en tailleur sur un épais coussin brodé, il tirait de son instrument des sons sinueux comme la fumée d'encens qui montait d'un petit autel consacré au dieu Krishna.

Soudain, la musique s'arrêta. Le musicien se leva précipitamment et sortit en courant. Trois hommes portant moustaches et turbans firent irruption dans la pièce et se jetèrent sur le jeune homme. Celui-ci eut le temps de tirer son poignard, mais ses agresseurs l'immobilisèrent et, après une brève lutte, retournèrent l'arme contre lui. Il s'effondra, mortellement blessé.

Mireille se réveilla en sursaut et manqua tomber du banc. Elle secoua la tête pour chasser le cauchemar de son esprit. Le cœur battant, elle se sentait encore dans la pièce où avait eu lieu le meurtre. Ce rêve était si clair, si réel qu'elle avait l'impression de l'avoir vécu.

Bouleversée, elle se leva et s'approcha de la vitrine. Ses yeux se posèrent sur le petit portrait. Elle poussa un léger cri de surprise.

Le visage qu'elle contemplait était, trait pour trait, celui du jeune homme de son rêve.

Sous le tableau, il y avait une étiquette où étaient inscrits ces mots qu'elle lut avec empressement:

Portrait du prince Komal Singh (1762-1787)

Originaire de Jaipur, capitale de l'État de Rajasthan, ce jeune prince se suicida à l'âge de 25 ans avec le poignard exposé ci-dessous. Il aimait une jeune noble que son père avait promise au rajah Rana Nath. Peu après le mariage, Komal Singh se donna la mort plutôt que de vivre sans elle.

« Mais c'est faux! s'écria Mireille. Il a été tué par des hommes du rajah parce que le vieux scélérat était jaloux et ne supportait pas que sa jeune épouse en aime un autre que lui! »

Elle n'avait pas sitôt prononcé ces paroles qu'une sensation étrange l'envahit. Que racontait-elle? Comment savait-elle toute cette histoire? Certes, elle avait fait un rêve d'une vraisemblance hallucinante, mais était-ce suffisant pour y prêter foi?

En proie à un trouble sans pareil, elle baissa les yeux sur le poignard. Sa poignée d'ivoire et d'argent ciselé, ornée d'émeraudes et de topazes, et sa longue lame recourbée étaient en tout point semblables à l'arme qu'elle avait vue en songe. Komal Singh avait péri par cet objet alors qu'il cherchait à défendre sa vie. Mireille était sûre de cela, même si elle ne pouvait le prouver.

Elle se mit à faire les cent pas dans la salle. Ses pensées couraient et s'embrouillaient à un rythme affolant. Qu'est-ce qui était vrai? Ce qu'elle sentait ou ce que croyaient les historiens? Elle était convaincue d'avoir raison, mais n'importe qui la prendrait pour une folle.

C'était trop pour une même soirée. La journaliste se dirigea rapidement vers la sortie du musée. En passant devant les objets d'art esquimau, elle croisa le gardien à visage de vampire.

— Vous partez déjà? fit-il avec un sourire que démentait son regard glacial.

— Je reviendrai, marmonna Mireille en le regardant à peine.

*

Une fois dans la rue, elle se sentit mieux. L'air frais de l'automne la revigora et lui éclaircit instantanément les idées. Elle fit quelques pas sur le trottoir luisant de pluie, puis monta dans sa voiture.

En passant devant l'appartement de son ami Paul Legrand, Mireille remarqua qu'il y avait de la lumière aux fenêtres. Elle s'arrêta et sonna à la porte.

Paul était traducteur de son métier, mais il se passionnait pour les philosophies orientales, l'occultisme, les perceptions extra-sensorielles, les ovnis et tout ce qui était étrange ou inexpliqué. Il avait beaucoup lu et voyagé, et il fréquentait des voyantes, des guérisseurs, des yogis et d'autres personnages aux dons inhabituels. Mince et portant lunettes, il avait une longue barbe qui le faisait ressembler à un ermite ou à un révolutionnaire.

— Mireille! s'exclama-t-il avec un large sourire. On ne s'est pas vus depuis une éternité!

La journaliste entra dans le petit appartement désordonné. Le plancher était jonché de livres. Plusieurs guitares étaient adossées aux murs décorés de dessins bizarres. Dans un coin, le moniteur d'un ordinateur affichait une douzaine de lignes jaunes.

Après avoir échangé quelques paroles avec son ami, Mireille lui confia l'étrange aventure qu'elle venait de vivre.

— Comment expliques-tu tout ça? demanda-t-elle.

Paul prit un air grave et réfléchit quelques secondes.

— As-tu déjà eu des prémonitions ou deviné le contenu d'un paquet avant de l'ouvrir?

— Jamais.

— Est-ce que tes rêves ont la netteté du vécu?

— La plupart sont si vagues que je les oublie aussitôt, mais celui de ce soir était plus net et plus vraisemblable qu'un film. J'avais tout à fait l'impression d'y être.

— Crois-tu à la réincarnation?

— Non ça me donne des frissons dans le dos rien que d'y penser.

— Et pourtant, il est possible que tu aies vécu au dix-huitième siècle et aies été témoin de l'assassinat du prince. Tu étais peut-être un domestique caché derrière un meuble, le prince lui-même, le musicien ou un des meurtriers...

Mireille réfléchit un instant.

— Aussi impossible que ça puisse paraître, je suis certaine d'avoir vu tout ça, avoua-t-elle.

— Même si tu n'as pas assisté à cette scène, tu l'as peutêtre vue comme on regarde des photos du passé. On dit que tout ce qui a lieu reste à jamais gravé dans le temps. Il y a des gens qui, un beau jour, voient des choses qui avaient disparu depuis des siècles. Je connais un homme qui s'est promené sur un pont que l'on avait détruit au moins cent ans plus tôt.

*

Le lendemain, lorsque Bob Duchamp lui demanda le résultat de sa visite au musée, Mireille inventa un mal de tête subit qui l'avait contrainte à rentrer à la maison plus tôt que prévu.

— Ton article est dû pour demain après-midi, lui fit remarquer le rédacteur en chef. Je vais téléphoner au directeur du musée pour qu'on te laisse y entrer ce soir après la fermeture. En attendant, tes recettes indiennes, elles avancent?

— Oui, oui, ça marche très bien, mentit la jeune fille. Je n'en ai plus pour longtemps.

Une fois rentrée dans son bureau, elle se mit à étudier les recettes de Mme Kumbha avec un intérêt entièrement nouveau. Les plats dont elle lisait la composition lui semblaient maintenant appétissants et elle fermait parfois les yeux pour mieux en imaginer les saveurs. Des noms tels que *mattar panir, vangi baath* ou *gobi paratha* évoquaient en elle des images exotiques qui faisaient voyager son imagination.

Quelques heures plus tard, elle avait recopié quelques recettes assaisonnées de ces propres commentaires. En replaçant la revue dans un tiroir, un détail lui fit interrompre son geste. Elle venait de voir le mot « Jaipur ».

Sous la photo de Mme Kumbha, quelques lignes expliquaient que l'auteure vivait à Jaipur, capitale du Rajasthan, où elle exploitait un grand restaurant. « Jaipur, s'écria la journaliste, mais c'est là que vivait Komal Singh! » Décidément, cette aventure devenait troublante. Il y avait là quelque chose de mystérieux qui ne pouvait être attribué à un simple fait du hasard.

Mireille entra dans le musée au moment où le dernier visiteur en sortait. Elle n'avait pas fait trois pas qu'elle tomba sur Face-de-vampire, qui la regardait d'un œil froid et songeur.

— Vous vous plaisez donc tant que ça ici? fit-il d'un ton ironique.

— Oui, je me suis découvert un penchant pour la compagnie des momies.

L'autre la regarda avec autant de surprise que pouvait en exprimer son visage de pierre. D'une voix caverneuse, il laissa tomber:

— Vous adoreriez une promenade à minuit dans un cimetière.

En colère de s'être laissée prendre au jeu du veilleur de nuit, la journaliste commença sa visite d'un pas pressé. Elle traversa plusieurs salles, s'arrêtant de temps à autre pour prendre une photo ou des notes. Son intention était de réunir rapidement le plus possible de matière pour écrire son article et d'aller ensuite passer une heure au milieu des antiquités indiennes.

C'est avec une certaine émotion qu'elle revit la vitrine contenant les vêtements et le poignard de Komal Singh. Sa vision de la veille était encore si fraîche qu'elle s'en rappelait tous les détails avec précision.

Elle s'approcha du portrait et le contempla longuement. Komal était beau. D'une beauté romantique, à la fois douce et volontaire. Son visage aux traits délicats révélait une nature passionnée et sensible qui faisait rêver la journaliste. Elle l'imaginait chevauchant fièrement dans les montagnes du Rajasthan; le soleil couchant dorait sa silhouette à la taille fine et faisait briller son regard d'un feu intense. Au loin, les coupoles et les tours de Jaipur se fondaient au bleu du soir. Le prince était triste. Celle qu'il aimait allait se marier le lendemain à un rajah riche et ventru de Jaisalmer. Mais un jour, il la lui reprendrait et l'emmènerait loin du Rajasthan. Ensemble, ils traverseraient les déserts et les forêts de l'Inde pour aller cacher leur amour jusqu'au pied de l'Himalaya.

Mireille secoua la tête pour chasser les images qui emplissaient son esprit. Elle avait encore une fois remonté deux siècles et observé le prince comme si elle avait été à ses côtés. L'impression était si forte qu'elle demeura un instant désemparée, se demandant si elle n'était pas en train de vivre simultanément à deux époques différentes. En même temps, cette expérience, si ahurissante fût-elle, la passionnait et l'incitait à pénétrer davantage ce mystère.

Elle fit quelques pas dans la salle pour se changer les idées et faire le point. Après avoir pris quelques photos des objets exposés, elle revint se planter devant la vitrine.

« Quel regard volontaire! » songea-t-elle en contemplant le visage de Komal. Elle avait le sentiment de le connaître comme un ami, de savoir ses goûts, ses habitudes et tous les détails de sa vie. C'était comme un lien mystérieux mais vivant qui l'unissait à cette image d'un siècle passé. Les traits du jeune homme s'animaient, ses yeux brillaient d'une flamme qu'aucun peintre n'aurait pu reproduire, ses lèvres humides chuchotaient des mots d'une langue étrange qu'elle comprenait intuitivement. Dans un recoin lointain de son esprit, la journaliste entendait une voix douce et triste murmurer:

— Je suis mort sous les coups des hommes du rajah Nath. Mon suicide est un mensonge inventé par celui qui, par jalousie, voulait me voir périr... Il savait que mon amour finirait par vaincre le destin...

Mireille cligna des yeux pour se replonger dans sa réalité du vingtième siècle. Les contours de son environnement se précisèrent en quelques secondes.

Elle se sentait malheureuse et désemparée, comme si le prince lui avait communiqué son désespoir. Il n'y avait plus aucun doute pour elle: Komal avait été assassiné, quoi qu'en disent tous les historiens du monde. Et elle était prête à aller jusqu'en Inde pour le prouver.

Il était presque minuit. Le temps avait passé sans qu'elle s'en aperçoive. Elle avait sommeil et besoin de reposer son esprit épuisé par les incroyables voyages qu'il avait effectués à travers le temps.

Sur le chemin de la sortie, elle rencontra le gardien. Toujours prêt à donner un échantillon de son humour sinistre, il lui lança:

— Vous êtes toute pâle. Avez-vous rencontré le fantôme du musée?

Mireille le regarda d'un œil las. Cet homme commençait à lui porter sur les nerfs avec ses remarques de mauvais goût et son air arrogant. Trop maigre pour son uniforme bleu, il la contemplait en souriant, les mains derrière le dos. À la hauteur de son cœur, une plaquette de plastique indiquait son nom: Hubert Destombes.

Ce nom amusa la journaliste et lui inspira une idée. Prenant un air inquiet, elle répliqua:

— Figurez-vous que quelque chose d'étrange m'est arrivé dans la salle des antiquités égyptiennes. Alors que je regardais une momie, je suis certaine de l'avoir vue bouger. Je vous l'assure. En même temps, j'ai entendu une voix très faible, comme un chuchotement, qui disait: « La malédiction des pyramides frappera ceux qui nous gardent prisonniers en ces lieux... » Vous savez, je n'ai pas rêvé. En fait, j'ai tellement eu peur que je suis partie tout de suite. J'en tremble encore.

Mireille dut avoir l'air convaincante, car le veilleur de nuit perdit son sourire cynique et sa belle assurance.

— Si j'étais vous, je ferais attention, ajouta-t-elle en ouvrant la porte du musée.

Une fois dehors, elle éclata de rire en songeant à la réaction de Face-de-vampire, tout heureuse de lui avoir rendu la monnaie de sa pièce.

Le lendemain, Mireille écrivit en peu de temps son article sur le musée. Pendant le reste de la journée, elle essaya de s'affairer, mais ses pensées fuyaient constamment vers le prince Komal. Elle revoyait sans cesse son visage douloureux, qui semblait la prendre à témoin de son malheur. Sa certitude d'avoir assisté à des scènes ayant réellement eu lieu dans le passé ne s'estompa pas; elle devint encore plus forte. Il fallait qu'elle trouve une solution.

Elle téléphona à son ami le « mystique », Paul Legrand.

— Tu as peut-être contacté l'esprit de Komal Singh, expliqua Paul. Il erre sans doute dans le monde des fantômes sans pouvoir trouver la paix.

— Qu'est-ce qu'on pourrait faire pour l'aider?

— Quand tu es dans cet état de transe où tu communiques avec lui, tu peux lui dire que sa vie de prince est finie et qu'il n'appartient plus au monde auquel il s'accroche.

Mireille réfléchit un instant.

— J'ai l'impression de trop bien le connaître pour croire que ça marcherait. Cet homme a souffert d'une si grande injustice qu'il faut que son honneur soit lavé publiquement.

— Alors, il va falloir que tu ailles en Inde et fasses des recherches. Avec un peu de chance, tu trouveras peut-être des documents négligés par les historiens.

— J'ai pris mes vacances il y a trois mois. Il va falloir que j'attende près d'un an avant de pouvoir disposer de deux semaines. Je ne peux pas attendre si longtemps.

— Alors, vas-y maintenant.

— Si j'avais l'argent..., soupira la journaliste.

Paul s'avouait difficilement vaincu.

— Ne connais-tu pas quelqu'un en Inde qui pourrait faire des recherches pour toi?

— Malheureusement non.

— Si tu écrivais à...

— Mme Kumbha! s'écria Mireille.

— Mme Kumbha? Qui est-ce?

— Elle tient un restaurant à Jaipur, la ville de Komal Singh. Dans la note biographique qui accompagne un de ses articles, on donne l'adresse de son restaurant et on dit qu'elle écrit régulièrement dans les journaux sur d'autres sujets. C'est à elle que je vais écrire! À bientôt, Paul.

Elle raccrocha sans plus de cérémonie et commença immédiatement à composer sur son ordinateur une lettre adressée à Mme Kumbha.

*

Environ un mois et demi s'écoula, pendant lequel Mireille évita le musée. Un matin, la secrétaire de son service lui apporta une lettre portant un timbre inhabituel.

Le cœur battant et les mains tremblantes, elle déchira l'enveloppe. Celle-ci contenait quelques feuilles de papier jaune sur lesquelles couraient des mots tracés avec élégance. La lettre était en anglais et disait ceci:

Mademoiselle,

Je suis honorée que vous m'ayez adressé votre requête, si inhabituelle soit-elle aux yeux de la plupart des gens. Je porte trop d'intérêt aux mystères qui nous entourent pour négliger une telle demande. Après avoir fait passer dans la presse locale l'article ci-joint relatant votre aventure, j'ai entrepris quelques recherches. Mes efforts ont été infructueux jusqu'à ce que je reçoive une lettre d'une femme enseignant la musique au conservatoire de Jaipur. Cette personne prétendait posséder des documents concernant la mort de Komal Singh. Je me suis rendue chez elle. Là, elle m'a montré des lettres écrites par un de ses ancêtres — un sitariste bien connu au dix-huitième siècle — qui disait avoir été témoin du meurtre du prince. Par peur pour sa propre vie, le musicien n'avait révélé ce secret qu'à son frère, en lui demandant de ne pas le divulguer.

Je me suis empressée de communiquer ces lettres à la Société historique de Jaipur et suis entrée en contact avec des professeurs d'histoire de l'université. Ces derniers ont fait d'autres découvertes confirmant la mienne. Quand vous recevrez ma lettre, des articles auront paru dans les journaux pour rétablir la vérité. J'ai également demandé au professeur Sandhu, qui dirige les recherches, d'envoyer un mot au conservateur du musée de votre ville.

Croyez, Mademoiselle, à l'expression de mes sentiments les plus respectueux.

Rukmani Kumbha

Un sourire triomphant s'épanouit sur le visage de Mireille. En même temps, elle se sentait comme allégée d'un lourd fardeau. Elle savait que l'âme du prince Komal pourrait enfin reposer en paix.

Quelques jours plus tard, elle eut subitement envie de se rendre au musée. Elle inventa un innocent prétexte pour s'absenter du bureau et sortit avec le sentiment que quelque chose allait se passer.

Dans la salle des antiquités indiennes, elle trouva un homme s'affairant dans la vitrine consacrée à Komal Singh. Il remplaçait l'étiquette décrivant le portrait du prince. Quand il fut parti, la journaliste eut le plaisir de constater que l'histoire venait d'être changée et la justice rétablie. Le professeur Sandhu n'avait pas perdu de temps.

Mireille appuya son front contre le verre de la vitrine et plongea son regard dans celui du portrait. En quelques minutes, elle perdit conscience du décor qui l'entourait. Elle ne vit plus que le visage du prince, dont les yeux brillaient d'une lueur nouvelle. Il se dégageait de ses traits une expression paisible et douce qui la combla de bonheur.

Les lèvres du jeune homme bougèrent comme pour prononcer un mot de remerciement et, graduellement, son image redevint plate et figée comme celle du portrait.

LE NOËL DU PEINTRE

Un vent glacial balayait les rues en soulevant des tourbillons de neige. Sur les trottoirs, les arbres squelettiques tendaient leurs membres gelés vers le ciel noir, comme pour implorer la clémence des éléments. La nuit était sinistre, et les passants s'étaient depuis longtemps réfugiés dans leurs maisons bien chauffées. Ce n'était pourtant pas un soir comme les autres: c'était la veille de Noël.

Longeant la façade des maisons, un jeune homme se hâtait en grelottant. Ses vêtements étaient misérables et trop légers pour la saison. Il serrait dans ses bras un grand paquet plat qu'il s'efforçait vainement de protéger de la neige. Ses longs cheveux noirs entouraient un visage maigre dans lequel des yeux sombres exprimaient un profond désespoir. Claude Armand avait traversé toute la ville à pied pour présenter sa dernière œuvre à un marchand de tableaux. Pressé de rentrer chez lui, le marchand lui avait fait la même réponse que beaucoup d'autres depuis des mois: « Votre style n'est pas assez commercial. Les gens ne s'intéressent pas à ce genre de peinture. »

Il y avait deux jours que Claude n'avait rien mangé. L'épicier ne lui faisait plus crédit et ses amis s'étaient lassés de lui prêter de l'argent. Le tableau qu'il étreignait était sa dernière chance. Il y avait investi tout son talent et tout son espoir. Avec ce dernier refus se terminait sa carrière d'artiste. Comme la peinture était ce qu'il aimait le plus au monde, il ne voyait plus qu'une issue à ses malheurs: se jeter du haut d'un pont dans les eaux glacées du fleuve.

Il s'arrêta pour repousser les mèches qui se collaient à son front. Il se tenait près d'une fenêtre dont la chaude lumière attira son regard. De l'autre côté des carreaux aux bords argentés par le givre se trouvait une salle à manger richement meublée. La table était servie et, sur la nappe blanche, l'argent et le cristal étincelaient à la lumière d'un lustre. Dans un coin, près de la cheminée où dansait un feu de bois, se dressait un arbre de Noël chargé de fils d'argent, d'étoiles et de boules resplendissantes. Assis sur un grand canapé de velours brun, un petit garçon dessinait avec application dans un cahier. Une femme entra, portant une soupière fumante qu'elle posa sur la table. Elle sourit à l'enfant, qui lui répondit d'un regard brillant d'amour et d'innocence. Une troisième personne parut; c'était un homme d'environ quarante ans, vêtu d'une robe de chambre en satin sur une chemise blanche et une cravate pourpre. Il s'assit calmement dans un fauteuil de cuir et commença à feuilleter un journal.

Claude resta longtemps devant la fenêtre à contempler cette scène pourtant banale. Il devait y avoir des centaines de familles qui ressemblaient à celle-ci, mais ce soir-là, ce couple et cet enfant avaient fait renaître en lui des souvenirs qu'il croyait avoir à jamais refoulés. Il se rappelait soudain l'amour de ses parents, la chaleur et le confort de la maison paternelle, le bonheur insouciant de l'enfance choyée... tout un monde paisible, rempli de jeux et de promesses merveilleuses. Cette vision était comme la dernière image d'un livre dont les pages finales avaient été arrachées. Quelques larmes roulèrent le long de ses joues. Il songea à son père, qui souhaitait le voir prendre sa suite ou devenir avocat, médecin ou banquier. Ils s'étaient disputés à ce sujet quelques années plus tôt et ne s'étaient jamais revus depuis. Claude avait choisi la peinture en dépit de la volonté paternelle et il ressentait sa misère actuelle comme une malédiction de l'auteur de ses jours. Il lui était particulièrement douloureux de ne pouvoir rendre visite à sa mère, qu'il aimait profondément, et celle-ci souffrait cruellement de cette séparation. De temps à autre il voyait sa sœur, de quelques années plus jeune que lui, mais, par fierté, il avait espacé de plus en plus les visites pour ne pas lui révéler l'étendue de sa misère.

Une violente bourrasque arracha le jeune homme à ses réflexions et il reprit sa marche. Il lui faudrait pas moins d'une demi-heure pour atteindre son studio. Les rues désertes commençaient à se couvrir de neige. Claude se retourna pour regarder la trace de ses pas. « Voilà ce que je laisse sur terre, songea-t-il, les empreintes de mes souliers. Et dans quelques instants, ils seront effacés à jamais. La marque que je lègue à ma dernière nuit est aussi insignifiante que l'existence que j'ai menée. »

Il grimpa lentement les escaliers du vieil immeuble où il habitait. Son studio était au dernier étage. C'était une grande pièce où s'étaient succédés de nombreux peintres dont la plupart n'avaient jamais connu la renommée. Le plus célèbre s'appelait Raoul Mézières. Avant de mourir, il avait acquis une réputation qui, disait-on dans certains milieux, prendrait avec le temps l'ampleur qu'elle méritait. Il n'avait guère séjourné dans ce studio, car son talent lui avait rapidement donné les moyens de s'offrir mieux.

C'est par admiration pour ce prédécesseur plus chanceux que Claude avait loué cet atelier. Mézières était son maître. C'est son œuvre qui lui avait fait désirer devenir peintre. Il l'avait longtemps copié et s'était progressivement orienté vers un style plus personnel, sans pour cela renier le modèle.

Le studio était grand et assez délabré. Des lézardes couraient le long des murs et le plancher gris n'avait pas été lavé depuis longtemps. Un vieux poêle en fonte trônait au milieu de la pièce, entouré d'un grand chevalet et d'une cinquantaine de toiles empilées sur le sol ou appuyées aux murs. Hormis un lit de camp aux draps sales, il n'y avait aucun meuble; Claude les avait tous brûlés pour se chauffer.

Le jeune artiste posa son paquet contre le poêle depuis longtemps sans bois ni charbon et ôta son manteau blanchi par la neige. Il enfila une vieille robe de chambre maculée de peinture et se dirigea vers le lit. En passant, il s'arrêta devant une grande photo jaunie qui ornait un des murs. C'était un portrait de Raoul Mézières. Il contempla un instant le visage hugolien du maître, comme s'il en espérait quelques mots d'adieu ou de sagesse. Souvent, il avait examiné ces traits de bourgeois placide en se demandant où se nichait la marque du talent. Pouvait-on la déceler dans le regard, la forme du sourcil, la courbe du nez, le dessin de la bouche? Ou était-elle imperceptible, enfouie dans les profondeurs de l'âme?

Ce soir-là, Claude ne se posait pas ce genre de question. Talent et peinture n'avaient désormais plus d'importance pour lui. Allongé sur son lit, il se mit à parler à voix haute.

— Je ne t'en veux pas, Mézières. Si je n'ai pas de talent, ce n'est pas ta faute. J'y ai pourtant cru longtemps.

C'est à cause de toi que j'en suis arrivé là, mais je ne regrette rien. J'ai au moins connu la joie de créer. Ça me donnait des frissons de plaisir. C'était comme une énergie qui me faisait oublier le sommeil, le froid et la faim.

Une quinte de toux l'arrêta. Il attendit quelques secondes et reprit:

— Rien que pour cette sensation, je ne regrette rien. Je n'aurais jamais connu ça si j'avais été épicier, pharmacien ou banquier. Et puis...

Une nouvelle quinte de toux secoua son corps maigre. Elle naissait dans sa poitrine comme un aboiement, s'apaisait puis se déchaînait encore, renforcée par chaque bouffée d'air froid qu'il respirait. Quand il eut enfin repris son souffle, il murmura d'une voix défaillante:

— Sauter du pont ou crever à petit feu de tuberculose et de faim... Autant rejoindre les poissons.

Un sourire triste se dessina sur son visage.

— En tout cas, Mézières, j'aurais bien voulu prendre des leçons de toi. Je suis sûr que tu m'aurais appris des tas de choses... Enfin, merci quand même...

Un accès de toux l'étouffa quelques secondes. Il s'accrocha au lit pour mieux lutter contre le mal qui faisait rage en sa poitrine. Il aurait préféré passer cette dernière nuit en paix, mais au fond, cela n'avait pas grande importance. Les quelques heures qui lui restaient à vivre seraient vite passées. D'ailleurs, peut-être valait-il mieux qu'elles soient désagréables. Il risquerait moins d'hésiter au dernier moment.

Dehors, le vent hurlait et la neige fouettait les immenses vitres du studio. Claude écouta un instant les bruits de la tempête. Il éprouvait un sentiment de paix qu'il n'avait pas ressenti depuis des années. Plus rien ne comptait pour lui. Il avait raté sa vie, mais dans quelques heures il rattraperait son erreur.

Il laissa son regard errer sur la photo de Raoul Mézières. Le maître semblait l'observer avec une expression à la fois douce et triste. Soudain, Claude eut l'impression que les yeux et les lèvres du portrait bougeaient, mais il n'en fut certain que lorsqu'il entendit une voix teintée d'un léger accent méridional.

— Claude Armand, disait-elle, vas-tu abandonner sans avoir donné le meilleur de toi-même? Tu es pourtant si près du but.

Le jeune homme se leva et alla se planter devant la photo. Il n'y avait aucun doute: la vie animait ce visage de papier.

— Je n'ai plus rien à donner, cria-t-il. Je suis un type fini. Je n'ai jamais rien fait de bien. Tout ça, ajouta-t-il en désignant ses toiles, c'est de la peinture gâchée, du temps perdu, de la vie gaspillée. Voilà ce que c'est!

— Tu as encore une chance et c'est la chance de ta vie. Fais un dernier effort et tu trouveras ce que tu cherches depuis longtemps. Je suis là pour t'aider. Cette nuit, je te donnerai la leçon que tu voulais.

— Si je dois continuer à crever de faim et à essuyer les refus des marchands de tableaux, ce n'est pas la peine. Il y a trop longtemps que ça dure. J'en ai assez.

— Non, tes œuvres se vendront. Cette nuit, je peux t'apprendre ce qui te manquait pour percer. Tu ne le regretteras pas, crois-moi. Allons, prends une toile et prépare-toi à travailler.

Claude ramassa une toile à peine commencée et la plaça sur le chevalet. Il nettoya quelques pinceaux, puis prit sa palette et se tourna vers la photo. Celle-ci lui dit:

— Commençons par le fond. Mélange un peu de gris et de brun. Pas trop foncé... Moins épais... Voilà... Bien... Maintenant, travaille ton second plan... Tu mets trop de violet...

Le jeune homme suivait docilement les conseils de Mézières et en apprenait les secrets. À mesure que son tableau avançait, il sentait de nouveau grandir en lui la passion de la peinture. Le maître l'aidait à voir son art sous un angle différent et lui faisait découvrir des possibilités jusqu'alors insoupçonnées.

— N'oublie pas qu'une œuvre d'art est un tout. Attache plus d'importance aux détails secondaires... Éclaircis un peu ton vert... Ça manque de relief; ajoute quelques touches de blanc... C'est mieux. Maintenant, dis-moi, qu'est-ce que tu veux exprimer dans ton tableau?

— L'harmonie des formes...

— Bien sûr, mais il n'y a pas que ça. Quelles sont les émotions, l'état d'âme que tu veux communiquer?

— Le désespoir.

— C'est bien ce que je pensais. Ça se voit dans tes œuvres. Ne crois-tu pas qu'il y a suffisamment de gens qui ressentent ce sentiment dans ce monde? Si tu veux montrer ta peinture au public, tu dois lui offrir quelque chose qui l'aide à mieux vivre.

— Mais je ne peux exprimer que ce que je ressens!

— As-tu été désespéré toute ta vie?

— Non, pas toujours.

— Alors, rappelle-toi tes moments d'espoir, de joie ou d'amour et mets-les sur la toile... Maintenant, finissons-en. Ajoute un peu de chaleur là-dessus... Rehausse le premier plan d'un peu de jaune... Très liquide... Voilà... Maintenant, un peu de sienne brûlée derrière...

Les heures passèrent. Il faisait jour quand le tableau fut terminé. Claude le tourna vers la fenêtre et se recula. Une bouffée d'amour et de reconnaissance lui emplit le cœur: son œuvre était magnifique. C'était exactement ce qu'il avait vainement essayé de créer jusqu'à présent. Les yeux humides, il se précipita vers la photo de Mézières et s'écria.

— Merci! Merci de tout mon cœur! Merci de m'avoir appris à comprendre la peinture...

Le portrait ne répondit pas. Il avait repris sa fixité d'image et semblait même un peu plus terne que la veille, comme s'il s'était estompé. Claude savait que la photo serait muette à jamais. « Il faudra que je la copie, songea-t-il. J'en ferai un grand tableau. »

Le jeune homme s'approcha de la fenêtre. Il devait être dans les neuf heures du matin. La tempête avait pris fin, laissant derrière elle une jolie couche de neige qui recouvrait la place et coiffait les maisons. Un soleil timide réchauffait le ciel gris. Quelques passants marchaient sans se presser. Parmi eux Claude reconnut un marchand de tableaux qu'il connaissait. Sans hésiter une seconde, il se précipita hors de son atelier, dégringola les escaliers et courut dans la neige en criant.

— Monsieur Artaud, monsieur Artaud!

— Tiens, Armand! dit l'homme en le reconnaissant. Comment allez-vous?

— Monsieur Artaud, s'il vous plaît, venez voir mon dernier tableau. Je suis sûr qu'il vous plaira. Juste une minute, j'habite là-haut.

— Écoutez, Armand, comme vous le voyez je suis avec mon épouse et mes filles. Nous sommes attendus chez des parents. Remettons cela à plus tard.

Peut-être émue par le regard fiévreux du jeune peintre ou par son allure misérable, la femme du marchand intervint.

— Maurice, va donc jeter un coup d'œil. Nous t'attendrons ici.

Artaud accompagna le peintre jusqu'à son atelier. Il examina silencieusement le tableau pendant un instant, puis se tourna en souriant vers Claude.

— C'est excellent! Vous vous êtes trouvé, Armand. Bien sûr, je vous l'achète. Tenez, voici un acompte. Apportez-moi votre toile la semaine prochaine. Joyeux Noël, Armand!

Le marchand s'en alla, laissant le jeune homme figé devant son œuvre, une liasse de billets à la main. C'était plus d'argent qu'il n'en avait jamais possédé. Il palpa le papier neuf de ses doigts tachés de peinture. Un sourire se forma sur ses lèvres et se mua bientôt en un éclat de rire qui s'enfla, résonnant dans la pièce vide comme un roulement de tambour. Mêlé de larmes et de quintes de toux, son rire déferlait de sa gorge et le secouait comme un pantin. Courbé en deux, il n'avait pas remarqué l'entrée d'un petit homme grisonnant qui s'avançait vers lui en hésitant.

— Monsieur Armand!

Claude se redressa sans toutefois cesser de rire. C'était son propriétaire, qui venait sans doute le mettre à la porte. Avant que son visiteur n'ait eu le temps de prononcer une autre parole, il lui mit quelques billets dans la main en disant:

— Voilà pour le loyer. Je vous en donnerai davantage la semaine prochaine. Joyeux Noël, monsieur Lheureux!

108

Surpris, le propriétaire balbutia quelques mots et se dirigea vers la porte. La main sur la poignée, il s'arrêta et tira de sa poche une lettre.

— À propos, monsieur Armand, le facteur nous a remis ça pour vous hier matin.

Le peintre décacheta l'enveloppe avec émotion. C'était une lettre de sa mère. « Mon cher Claude, disait-elle, ton père et moi serions très heureux si tu venais à la maison pour Noël. Ton père regrette que vous vous soyez fâchés et il voudrait te voir. Ta sœur sera là avec son bébé. Bien affectueusement, ta mère. »

Claude regarda sa montre. En prenant un autobus, il serait chez ses parents à midi.

STELLO

En fin d'après-midi, Stello me disait souvent: « Jeanne, viens avec moi jusqu'à la pointe de la colline, là où l'on voit les rivières rejoindre le soleil à l'horizon. » Nous marchions ensemble jusqu'à un endroit d'où l'on domine toute la région et, là, il s'asseyait dans l'herbe, tout près du bord. Le regard perdu dans le lointain, il ne disait plus rien. Il oubliait ma présence et s'abandonnait avec émerveillement à la contemplation du paysage. Alors, je m'éloignais doucement et le regardais en me demandant à quoi pouvait bien penser un être si jeune.

Nous ne savions pas exactement son âge ni qui était son père. Nous l'avions adopté alors qu'il n'était qu'un bébé. Sa mère, qui s'était installée dans le village peu avant que nous fassions sa connaissance, vivait seule dans une petite maison voisine. C'était une femme aux grands yeux noirs et au teint mat. Elle était frêle, mais le feu de son regard avait une intensité peu commune. Il y avait en elle quelque chose d'étrange que je n'arrivais pas à définir, comme si elle n'était pas à sa place dans notre région ou même sur notre planète.

Un soir — je m'en souviendrai toujours —, elle frappa à notre porte. Elle tenait un nourrisson dans ses bras. Elle dit à mes parents qu'elle devait partir pour un long voyage et leur demanda de garder son bébé pendant son absence. Il se dégageait de cette femme une impression de sincérité qui convainquit mes parents immédiatement. Elle jeta un dernier regard brûlant au bébé et sortit. On ne la revit jamais.

Après son départ, nous nous assemblâmes tous autour de l'enfant. Nous ne l'avions jamais vu de près. Un silence inhabituel se fit alors dans la pièce. Le bébé était extrêmement petit, mais ses yeux immenses nous regardaient avec une intelligence surprenante. Même les plus jeunes d'entre nous comprenaient qu'ils étaient en présence d'un être différent des autres. Ce petit corps renfermait une âme qui nous émerveilla bien souvent par la suite.

En quelques mois, Stello apprit à parler et s'exprima vite de façon parfaite, bien mieux que mes frères et sœurs, qui étaient tous plus âgés que lui. Cependant, il s'écoula bien deux ans avant qu'il soit capable de marcher, et son corps demeura chétif et faible.

Il était d'une nature silencieuse et pensive. On le voyait souvent, assis près de la fenêtre, suivre les nuages des yeux, comme s'il y cherchait quelque chose ou quelqu'un. Jamais il ne pleurait, mais il avait parfois l'air si triste qu'il nous en venait des larmes aux yeux. La nuit, il m'arrivait de le trouver assis sur son lit, contemplant la fenêtre ou scrutant calmement l'obscurité. Si je lui demandais ce qu'il faisait, il me répondait qu'il écoutait les étoiles. Ses yeux paisibles et doux se posaient un instant sur moi, puis se replongeaient dans le néant.

Je ne le vis jamais courir. Son corps semblait trop faible pour les jeux et les sports. Il ne participait pas aux discussions et ne parlait que lorsque c'était nécessaire. Même lorsqu'il atteignit l'âge adulte, sa voix demeura celle d'un enfant. Ceux qui ne le connaissaient pas s'en moquaient, mais moi, chaque fois que je l'entendais, je sentais mon cœur gonfler dans ma poitrine comme si elle parlait à mon âme.

Dans la maison de mes parents, il ne faisait pas grand-chose, car il n'était pas assez fort pour se charger des courses ou aller chercher du bois pour le poêle. Comme il était souvent malade et que nous n'avions pas les moyens de faire venir le médecin, nous passions par des périodes d'inquiétude très pénibles. Une fois, il resta allongé sur son lit pendant trois jours sans bouger, les yeux fixes, respirant à peine. Son visage, normalement pâle, était devenu d'un blanc effrayant. On crut qu'il allait mourir. Agenouillée près de son lit en compagnie de ma mère et de mes sœurs, je répétais mentalement: « Petit frère, ne nous quitte pas s'il te plaît. Ne nous quitte pas. » Brusquement, j'entendis clairement dans ma tête une voix qui ressemblait à la sienne et qui disait: « Ne t'inquiète plus et sèche tes larmes. » Je levai la tête et remarquai une faible lueur dans les yeux du petit malade. Quelques heures plus tard, il allait mieux.

Il aimait beaucoup la compagnie des animaux. Assis sur le plancher, il passait des heures à regarder notre chien ou le chat des voisins. Les bêtes semblaient attirées par lui: elles le suivaient partout et se couchaient docilement à ses pieds. C'était comme si un dialogue silencieux s'établissait entre lui et eux. Un jour, notre chien fut blessé à la patte par une auto. Tout le monde disait que la pauvre bête devrait être amputée ou mourrait. Stello demanda à garder l'animal avec lui pendant la nuit. Bien que les animaux ne soient pas tolérés dans les chambres, mon père accepta. Le lendemain matin, l'animal ne portait pratiquement plus de trace de blessure et il marchait presque normalement.

Une autre fois, je vis mon frère adoptif ramasser un oiseau qui s'était brisé l'aile contre des fils téléphoniques. Il le garda longtemps dans sa main, comme au creux d'un nid. Lorsqu'il ouvrit les doigts, l'animal s'envola, fit trois cercles autour de l'enfant et disparut en chantant.

Par une douce nuit de printemps, parfumée par les lilas du voisinage, il me fut donné d'assister à un spectacle extraordinaire. Comme j'étais l'aînée de la famille, je partageais la chambre des plus jeunes: Lisette et Stello. Réveillée par un rayon de lune qui s'était posé sur mon visage, je m'assurai que les deux enfants étaient bien couverts. Le lit du petit garçon était vide. Je sortis de la pièce et constatai que la porte du grenier était ouverte. Après avoir grimpé sans bruit les quelques marches qui menaient sous le toit, je vis une scène inoubliable. Stello était assis sur le sol, illuminé par la clarté qui traversait la lucarne. Cette lumière était différente de celle de la lune; elle était intense et dorée, comme si les étoiles y avaient saupoudré leur feu, et elle revêtait l'enfant d'une lueur irréelle. Autour de lui, des oiseaux, des souris, des écureuils et des chauves-souris, habitants provisoires de ce lieu, faisaient cercle et le regardaient. Quant à lui, il semblait leur parler silencieusement et levait la tête de temps à autre, comme pour écouter des paroles venant du ciel, portées par la lumière.

Le lendemain, je racontai ce que j'avais vu à ma mère. J'espérais d'elle une explication ou même des paroles incrédules. Au lieu de cela, elle posa sa main sur mes cheveux et me dit simplement de n'en souffler mot à personne.

Voici un autre événement qui resta gravé dans ma mémoire. Un dimanche après-midi, j'accompagnai une dizaine d'enfants, dont Stello, dans une promenade à travers la forêt. Alors que j'étais occupée à cueillir des fleurs avec les plus jeunes, un garçon grimpa à un grand arbre et parvint jusqu'au sommet sans que je m'en aperçoive. Quand je le remarquai, je lui demandai de descendre. Conscients du danger que courait leur camarade, les enfants s'assemblèrent autour de l'arbre. La descente semblait plus difficile que la montée; le garçon hésitait souvent avant de poser ses pieds sur les branches. Tout à coup, nous entendîmes un craquement, ses mains cherchèrent à s'accrocher et il tomba. Sous lui, il n'y avait rien pour amortir sa chute, j'en suis certaine. Pourtant, son corps rencontra soudain une branche qui l'arrêta à deux mètres du sol et le maintint en l'air, plié en deux mais sain et sauf. Les enfants restèrent muets de surprise. Tout comme moi, ils savaient que cette branche n'existait pas quelques secondes plus tôt. Seul Stello ne semblait pas étonné. Il souriait d'un air très doux.

Maintenant que les années ont passé et qu'il ne me reste de lui que des souvenirs, je me rappelle bien d'autres événements que personne ne pouvait expliquer.

Quand j'eus fini l'école, j'entrai dans une usine où l'on fabriquait des vêtements. Comme elle était assez proche de notre village, Stello venait parfois m'attendre et nous rentrions chez nous à pied en parlant de choses et d'autres. Je lui racontais le plus souvent ma journée et il se contentait d'écouter. Parfois, il s'arrêtait pour me montrer une fleur ou un animal. En hiver, quand la nuit tombait de bonne heure, il regardait le ciel avec admiration, comme si c'était une collection de diamants. Il savait le nom des étoiles et toutes sortes de choses que je n'avais jamais lues dans mes livres d'école.

Un soir d'été, alors que nous nous dirigions ainsi vers la maison de mes parents, nous aperçûmes un attroupement près de la mare du père Lévêque. Il y avait plusieurs autos et une vingtaine de personnes faisant cercle autour de quelque chose ou de quelqu'un se trouvant sur le sol. Nous nous approchâmes et apprîmes qu'un enfant était tombé dans la mare. Le pompier et l'infirmière du village avaient essayé de le ranimer, mais il avait été découvert trop tard. Âgé d'environ huit ans, le petit garçon était allongé dans l'herbe, les cheveux collés sur son visage pâle. Près de lui, une femme sanglotait sous le regard d'une toute petite fille qui ne semblait pas comprendre la raison de son chagrin. Personne ne parlait. On avait l'impression que tout le monde attendait quelque chose, l'arrivée de quelqu'un ou peut-être une parole.

Le pompier, un grand homme à moustaches, fixait le cadavre de ses yeux rougis. Il avait tout essayé pour sauver l'enfant et semblait à bout de force. Tout à coup, je le vis ouvrir la bouche et se pencher en avant. Il s'agenouilla et essaya de prononcer un mot, mais aucun son ne sortit de sa gorge. L'assistance se pressa autour de lui et des murmures s'élevèrent. Je glissai ma tête entre des épaules et vis une chose absolument incroyable : le noyé avait les yeux ouverts et il battait des paupières.

Pendant que les gens pleuraient et riaient à la fois, Stello regardait le ciel d'un air très doux.

Je savais que personne d'autre que moi ne soupçonnait l'origine de cet événement miraculeux. Quand nous fûmes suffisamment éloignés du groupe, je demandai à mon frère comment il avait accompli ce prodige. C'était la première fois que j'osais le questionner sur ses pouvoirs merveilleux. J'avais toujours accepté comme une chose naturelle le fait qu'il était différent de moi et de tous les gens que je connaissais.

Il répondit simplement:

— J'ai demandé à mes amis.

— Tes amis?

— Oui, mes amis des étoiles.

Les années passèrent. Un jour, mon pays entra en guerre avec un autre pour des raisons que je ne compris jamais. Tous les hommes suffisamment jeunes pour porter un fusil furent appelés au combat. En dépit de la fragilité de son corps, Stello fut de ceux-là.

Il fut envoyé dans un pays lointain, situé au-delà de l'océan. Dans ses lettres, jamais il n'écrivait un mot sur la guerre et ses atrocités. Il ne me racontait que les choses simples qui l'avaient toujours intéressé: la beauté des fleurs et du paysage, le soleil à l'horizon, les étoiles par une nuit claire, les animaux qu'il rencontrait...

Dans sa dernière lettre, il y avait une photo représentant un groupe de soldats où je le reconnus tout de suite. C'était le plus petit de tous. Il était à peine plus grand que son fusil. Son uniforme et son casque semblaient l'écraser. Je versai des larmes en contemplant la photo, sans savoir que c'était la dernière image que j'aurais jamais de mon frère. Pourquoi fallait-il que l'on envoie un être si doux à la guerre? Son âme et son corps étaient ceux d'un enfant. Il était incapable de la moindre violence.

Par un beau jour d'avril, nous reçûmes une lettre du ministère de la Guerre alors que nous étions tous à table. L'air inquiet, ma mère l'ouvrit maladroitement. Nous la vîmes soudain pâlir effroyablement. Ses yeux devinrent fixes et ses lèvres se mirent à trembler. Je me levai d'un bond et saisis la lettre.

Quelques lignes tapées à la machine disaient que Stello était mort au combat et que l'on n'avait pas retrouvé son corps. C'était tout.

Je ne saurais décrire la tristesse qui s'abattit sur nous tous. C'était comme si un nuage sombre venait de pénétrer dans la maison, annonçant la fin des jours heureux et du bonheur auquel on croit lorsqu'on est enfant. Sans notre frère, nous ne serions plus pareils. L'innocence, l'amour et le merveilleux qu'il apportait à notre petit univers disparaissaient à jamais.

*

Environ un an plus tard, un jour que j'étais seule à la maison, un inconnu frappa à la porte. Il me dit son nom et m'apprit qu'il avait été soldat dans le régiment de Stello. Je m'empressai de le faire entrer.

L'homme s'assit timidement au coin de la table et commença à parler avec quelque hésitation.

— Mademoiselle. J'ai bien connu votre frère. Mon lit était à côté du sien. C'était un garçon si doux, si gentil...

Il inclina la tête, comme pour cacher son émotion, puis continua en baissant la voix.

— Savez-vous comment il est mort?

— Oui, répondis-je. On nous a appris qu'il était mort au combat.

Mon visiteur regarda vers la porte pour s'assurer qu'elle était fermée. Il s'agita un peu sur sa chaise, puis dit très vite:

— Non, ce n'est pas comme ça qu'il a disparu.

— Que voulez-vous dire? Expliquez-vous!

— On m'a interdit de raconter la vérité, mais je ne pouvais pas la garder plus longtemps. Votre frère était... un saint. Il n'y a pas d'autre mot.

Il se râcla la gorge et commença son récit.

— J'ai souvent marché à côté de Stello. Il pouvait à peine porter son équipement et son fusil. Parfois je l'aidais quand on ne nous voyait pas. Le soir, il était épuisé au point de ne pouvoir bouger, mais son regard était toujours aussi beau et pur. Il y avait une âme merveilleuse dans ce petit corps fragile. Jamais il ne se plaignait, et si l'on ramenait un soldat blessé, il trouvait la force — je ne sais comment — d'aller s'asseoir près de lui. J'ai vu ainsi des hommes reprendre miraculeusement des forces ou leur souffrance s'alléger. Je sais que votre frère était la raison de ce soulagement. Il parlait peu, mais il rayonnait d'une douceur surnaturelle.

L'homme jeta encore un coup d'œil vers la porte et poursuivit.

— Pourtant, le sergent de notre section le détestait. C'était un homme brutal et cruel qui ne vivait que pour le combat. Il ne manquait jamais une occasion d'humilier votre frère et de le charger des corvées les plus pénibles. C'était comme si la beauté qu'il sentait en Stello rendait son âme plus noire et plus méchante. Votre frère obéissait, même s'il devait finir sa tâche à genoux. Et jamais il ne protestait...

Il s'arrêta pour maîtriser son émotion.

— Un jour, nous sommes allés au combat, continua-t-il. L'adversaire était à quelques kilomètres, embusqué dans une immense forêt. Quand nous sommes arrivés à proximité des lignes ennemies, des coups de feu ont retenti et la bataille a commencé. Peu après, le sergent a remarqué que votre frère ne se servait pas de son arme et il a lui ordonné de tirer. Stello a refusé. Il a refusé calmement, sans défiance ni peur.

L'autre s'est alors mis dans une colère insensée et l'aurait sans doute brutalisé si les balles et les obus ne s'étaient mis à pleuvoir de tous côtés. Le sous-officier s'est éloigné pour diriger la riposte de nos hommes. Moi, je faisais de mon mieux, déchargeant de temps à autre mon fusil dans la direction d'adversaires que je voyais à peine. Au bout de quelque temps, j'ai remarqué que Stello n'était plus près de moi. En regardant alentour, j'ai aperçu une silhouette à travers la fumée. Je l'ai reconnue tout de suite. C'était lui. Il courait d'un soldat blessé à l'autre, faisant de son corps une cible facile pour les hommes d'en face. Je me demande s'il avait conscience du danger. Le plus étonnant, c'est qu'aucune balle ne l'a atteint. La bataille s'est intensifiée et un obus est tombé non loin de moi. J'ai perdu Stello de vue. Nous avons combattu ainsi jusqu'au soir. Alors, on nous a donné l'ordre de nous replier.

L'homme s'interrompit pour me demander un verre d'eau et reprit.

— Nous avons marché toute la nuit. À notre arrivée au camp, nous avons vu, à la lumière du jour, que plus de la moitié de notre bataillon manquait. Votre frère n'était pas parmi nous. Le lendemain, le sergent est parti avec quelques hommes pour essayer de trouver des blessés encore vivants. Quand il est revenu, Stello l'accompagnait, les menottes aux mains.

— Des menottes? Mais qu'est-ce qu'il avait fait?

— On l'avait trouvé en train de soigner des blessés ennemis. Ceci, ajouté à son refus d'utiliser son arme, constituait une preuve accablante contre lui, d'autant plus qu'il n'était pas blessé.

— Mais on l'avait vu porter secours à ses camarades pendant le combat!

— Oui, et j'ai protesté avec quelques autres, mais les règlements sont très stricts en temps de guerre. Et le sergent ne voulait pas lâcher sa proie. Pour lui, c'était pratiquement une question d'honneur. Il disait à qui voulait l'entendre qu'il fallait faire un exemple, que si l'on ne punissait pas les traîtres, cela encouragerait les autres soldats à ne pas faire leur devoir.

— Mais Stello ne cherchait qu'à sauver la vie de ses semblables! Est-ce un crime?

— Dans notre monde, je ne sais pas s'il y a de la place pour les saints, mademoiselle. Ce n'est qu'une fois qu'ils sont morts qu'on se décide à les aimer.

— Qu'est-il arrivé ensuite?

— Votre frère a été rapidement jugé par quelques officiers fatigués et pressés d'en finir. Comme nous étions apparemment en train de perdre la guerre, ils songeaient plus à sauver leur propre vie que celle des autres. Stello a été reconnu coupable de trahison et de désertion. Il a été condamné à être fusillé le lendemain.

— Mais c'est horrible, m'écriai-je en pleurant. C'est un meurtre !

— Le lendemain, à l'aube, j'ai eu le malheur d'être choisi pour faire partie du peloton d'exécution. On est allé chercher votre frère et on lui a lié les mains derrière le dos. Il était très pâle, mais il marchait fermement. Dans ses yeux, on ne lisait ni peur ni reproches. On l'a emmené au milieu de la plaine, sous le ciel gris et froid du matin. Puis nous nous sommes alignés à une dizaine de mètres de lui. Il a refusé le bandeau qu'on lui offrait.

L'ex-compagnon de Stello sortit un mouchoir de sa poche pour s'essuyer les yeux et ajouta d'une voix qui luttait contre les sanglots :

— Je n'avais jamais rien vu d'aussi triste. C'était un enfant et un saint qui se tenait devant nous. Ses grands yeux noirs nous regardaient sans haine. On savait qu'il nous pardonnait, et c'est ce qui rendait notre tâche si pénible. Les soldats tremblaient et avaient les yeux humides. J'aurais voulu avoir le courage de donner ma vie pour ce petit être si bon.

L'homme se sécha les yeux et s'éclaircit la voix.

— Le sergent nous a donné l'ordre de mettre en joue, puis de tirer. Nous avons tous visé à côté de la cible. Aucune balle n'a atteint votre frère. Nous avons fait feu une deuxième fois avec le même résultat. Fou de rage, le sergent a dégainé son pistolet et s'est approché de Stello. Il a levé son arme et visé le cœur. Au moment où il allait appuyer sur la gachette, une chose extraordinaire est arrivée.

Les yeux agrandis par l'intensité de son récit, l'ami de Stello semblait contempler une scène se déroulant au-delà de mon visage. Il baissa un peu la voix.

— Un rayon lumineux, doré comme un soleil d'été, a troué les nuages et s'est posé sur votre frère, l'enveloppant de sa merveilleuse lumière. Alors, dans le chemin céleste, nous avons vu descendre des êtres transparents, resplendissants de beauté et de douceur. Souriants, ils sont allés jusqu'à Stello et lui ont pris la main. Puis ils sont remontés en l'emmenant avec eux vers l'infini. Quelques secondes plus tard, le ciel se refermait sur eux.

Nous restâmes longtemps sans parler. J'avais l'impression que le temps venait de s'arrêter ou que l'univers nous avait laissé entrevoir un de ses secrets.

— Et qu'est devenu le sergent? finis-je par demander.

— Il a quitté l'armée. On dit qu'il s'est fait prêtre ou qu'il parcourt le monde pour aider les malheureux.

UNE NUIT
DANS UN CHÂTEAU D'ÉCOSSE

Jusque-là, mon voyage en Écosse avait été agréable et sans encombre. Il me restait encore beaucoup de choses à voir, mais mon auto semblait s'y opposer. Un bruit inquiétant se faisait entendre dans le moteur et elle n'avançait plus que par à-coups.

Soudain, un grand craquement retentit et le véhicule s'immobilisa.

J'eus beau tourner la clé de contact et faire appel à mes modestes connaissances de mécanique, la vieille Ford ne m'accorda même pas un soubresaut.

J'étais sur une petite route de campagne, loin de toute habitation. Autour de moi, il n'y avait que des collines dont l'herbe courte était percée, çà et là, de rochers usés par les pluies.

Le soleil était déjà bas à l'horizon. Il fallait que je trouve sans tarder un endroit où passer la nuit. La route était déserte au point que je n'y avais pas rencontré plus de deux véhicules en une heure; je ne m'attendais donc pas à être secouru par un automobiliste.

Ne sachant de quel côté diriger mes pas, j'escaladai une colline pour avoir, si possible, une vue d'ensemble de la région.

Quelques minutes plus tard, je me tenais au sommet arrondi d'un petit mont. Essoufflé, je m'assis sur un rocher et regardai autour de moi. Les rayons du soleil doraient la campagne sans arbres et lui donnaient une beauté étrange. Toutes ces bosses vertes qui m'entouraient ressemblaient un peu au paysage de nuages que l'on découvre lorsqu'on voyage en avion.

Je promenai mon regard le long de l'horizon. Une masse sombre, à un ou deux kilomètres de moi, m'arrêta. C'était un château. Je me demandai un instant si je n'étais pas le jouet d'une illusion. Cette vision était presque trop à sa place dans ce désert fantastique.

Sans même songer que je me dirigeais peut-être vers des ruines inhabitées, je me mis en marche d'un pas allègre. Une fois là-bas, je verrais bien et trouverais sans doute un moyen de passer la nuit à l'abri. De plus, mon intérêt pour l'architecture ancienne avivait ma curiosité et me faisait oublier les sages conseils de ma raison.

À mesure que je m'approchais du château, je constatais qu'il était pratiquement en ruine. Ses tours étaient édentées et des murs entiers semblaient avoir souffert des ravages de la guerre. Ce n'était pas une forteresse du Moyen Âge, mais son style massif avait l'austérité de cette époque. Ses grosses pierres brunes, déchaussées en maint endroit, semblaient cacher leurs souvenirs dans un sommeil de cimetière.

Seul le donjon semblait habitable et indiquait la possibilité d'une présence humaine par le drapeau qui pendait mollement au-dessus de son toit.

Je m'approchai de la grande porte de fer rouillée et frappai quelques coups.

Après avoir attendu plusieurs secondes, je recommençai.

J'allais me diriger vers une autre partie du château lorsque je vis un mouvement dans la fente d'une meurtrière. Sans en être certain, il me semblait que c'était un visage humain qui m'observait.

Je heurtai de nouveau le métal et criai:

— S'il vous plaît, ouvrez! Je suis en panne à quelques kilomètres d'ici. Je voudrais téléphoner.

Sans me donner de réponse, la silhouette disparut. Cinq minutes plus tard, j'en étais encore au même point.

Je m'apprêtais à appeler une dernière fois quand j'entendis des pas. Une clé fit claquer deux fois la serrure, puis la lourde porte s'ouvrit lentement, avec un grincement rappelant le hurlement lointain d'un chien mourant.

Un visage inattendu apparut entre le fer et la pierre. C'était une vieille femme entièrement vêtue de noir, les cheveux et le haut du visage dissimulés sous un foulard. Ses yeux m'observèrent avec méfiance. Sans prononcer un seul mot, elle me laissa entrer, puis repoussa la porte et la verrouilla avec soin.

J'avais l'impression d'avoir pénétré dans la cour d'une prison. J'aurais préféré que la porte soit restée ouverte. Je me sentais petit et sans défense au milieu de ces vieux murs austères.

Hormis le donjon, le reste du château était en aussi mauvais état que l'extérieur. Les marches montant au chemin de ronde étaient brisées; leurs pierres gisaient au sol. Les fenêtres des tours étaient pour la plupart sans vitres. Des oiseaux noirs venaient s'y reposer un moment, puis s'élançaient vers le ciel et tournoyaient au-dessus des murailles.

La vieille entra dans le donjon. Je la suivis.

Nous traversâmes une grande salle froide et sombre qui avait dû jadis servir aux domestiques. Les murs étaient nus et quelques meubles cassés traînaient dans les coins.

Mon guide prit un escalier de pierre aux marches creusées par les pas et nous débouchâmes à l'étage supérieur, dans une immense pièce éclairée par de hautes fenêtres où quelques vitraux avaient survécu. Une longue table et trois chaises à haut dossier occupaient le centre. Quelques armes, un tableau sombre et une vaste tapisserie aux couleurs ternes décoraient les murs. De gros chandeliers de cuivre se dressaient sur la table et au-dessus de la cheminée.

La vieille femme me jeta un regard où je crus comprendre qu'il me fallait rester dans la pièce, et elle disparut par une porte en bois sculpté.

J'attendis plusieurs minutes, impatient de connaître la suite de mon aventure. Le soleil jetait ses derniers rayons à travers les vitraux, rayant la pièce de longs traits rouge et or.

Un peu ébloui, je détournai la tête de la lumière et m'aperçus que je n'étais plus seul. Un homme aux longs cheveux blancs et au visage sévère me regardait. Il était vêtu d'un de ces costumes de tweed brun que les Britanniques affectionnent tant.

Je me présentai et expliquai brièvement le but de ma visite.

D'une voix claire, mais très basse, l'homme, qui avait remarqué que l'anglais n'était pas ma langue maternelle, me répondit d'un français teinté d'un accent anglais.

— Je suis le comte James de Moraguère. Soyez le bienvenu dans cette triste demeure. Je regrette de ne pouvoir vous offrir plus de confort. Ce château, qui est celui de mes ancêtres, est en bien piteux état. Malheureusement, je n'ai pas les moyens de le réparer. Je ne possède pas d'auto et n'ai qu'un vieux cheval qui est maintenant trop faible pour me porter. Nous sommes à une vingtaine de kilomètres du village le plus proche et je n'ai pas le téléphone.

À ce moment, j'entendis un bruit de marteau dans la cour.

L'homme ajouta :

— Le village n'a ni hôtel ni garage, mais si vous y allez demain matin, vous pourrez téléphoner ou trouver un autobus qui vous mènera à Glendale. Mon employé va bientôt retourner chez lui. Venez, allons lui dire de revenir vous chercher demain.

Il descendit les escaliers d'un pas rapide. Dans la cour, il se dirigea vers une tour devant laquelle il y avait une vieille moto. À l'intérieur, nous trouvâmes un homme d'une quarantaine d'années, en train de travailler devant un établi.

— Voici M. MacLane, dit le comte. C'est mon homme à tout faire. Il vient faire des réparations ici de temps à autre.

Je lui serrai la main. Il avait l'air sérieux et un peu timide, comme le sont souvent les gens qui ont passé leur vie à la campagne.

— MacLane, poursuivit le comte, je sais que vous ne deviez pas travailler ici demain, mais pourriez-vous venir chercher monsieur et l'emmener au village? Son auto est en panne.

Dans la cour, le comte me dit qu'il allait demander à la servante de préparer un repas supplémentaire et une chambre pour moi. Je le remerciai et lui demandai la permission de me promener un peu pour examiner l'architecture du château.

— Bien sûr, répondit James de Moraguère. Je regrette que ma demeure ne soit pas en meilleur état. Elle était jadis assez belle. Faites attention: certaines parties sont en ruines et peuvent être dangereuses.

Je quittai mon hôte et fis quelques pas le long des grands murs tristes. Il me fallut quelque effort pour grimper jusqu'au chemin de ronde; des marches manquaient et bien des pierres étaient prêtes à tomber. Arrivé en haut, je flânai un moment derrière les créneaux, m'écartant prudemment des mâchicoulis béants. À peu de distance des murailles, un petit cimetière dressait ses croix de pierre dans l'herbe. Certaines semblaient très anciennes.

Le ciel commençait à s'obscurcir et il faisait déjà frais. À quelques pas de moi, un corbeau me regardait avec une étrange insolence. Il m'avait toujours semblé que ces animaux jouissaient d'une intelligence peu commune; ou peut-être était-ce une sagesse naturelle née de leur mutisme et des heures passées à observer le monde du haut du ciel.

Avant de rentrer au donjon, je décidai de parler un peu à MacLane. Après quelques paroles banales, il me dit soudain:

— Vous allez passer la nuit au château?

— Oui, bien sûr, répondis-je.

— Moi, il faudrait me payer cher pour me faire rester ici la nuit.

— Que voulez-vous dire?

— Vous ne savez donc pas ce qu'on raconte?

— Non, je ne suis jamais venu dans cette région. De quoi s'agit-il?

L'homme se tut pendant un instant, comme s'il réfléchissait à ce qu'il allait dire.

— Ce château est hanté. Il s'y est passé des choses effrayantes.

— Ce sont sans doute des histoires de vieilles femmes, dis-je en souriant.

— Peut-être, mais pourquoi le comte a-t-il peur de rester seul à la même date tous les ans?

— Il ne semble pas homme à avoir peur.

— Non, il faut avoir du cran pour vivre dans un endroit où tous les hommes périssent de mort violente depuis des siècles.

Je restai un instant pensif. Les paroles de MacLane m'avaient un peu ébranlé. Il n'avait pas l'air d'être de ces gens qui parlent à tort et à travers. Comme je le quittais, il me dit qu'il viendrait me chercher le lendemain matin à huit heures.

*

La table était servie dans la grande salle. Le comte m'attendait en regardant pensivement le feu flamber dans la cheminée.

Nous commençâmes à dîner à la lumière des longues chandelles jaunâtres. L'argent usé des couverts luisait d'un éclat feutré et, au milieu de la table, un faisan fumait entre des champignons. Mon hôte me confia que nous mangions le produit de sa chasse.

J'avais envie de questionner le comte à propos des étranges paroles de MacLane, mais je ne savais par où commencer. J'eus soudain l'idée de l'interroger sur les origines de son nom.

— Moraguère est en effet un nom inhabituel pour un Écossais, fit-il en souriant. Je le tiens d'un de mes ancêtres français qui, au quinzième siècle, s'installa dans ce pays pour l'amour d'une belle fille.

— Est-ce en souvenir de lui que vous avez appris à si bien parler le français?

— Non, mon culte des ancêtres ne va pas si loin, mais mon précepteur était un Canadien de la charmante ville de Québec. J'ai également eu l'occasion de séjourner dans plusieurs pays de langue française. Je connais aussi la Chine et l'Afrique.

James de Moraguère se montra d'une courtoisie exemplaire pendant toute la soirée. J'avais même l'impression qu'il avait rarement l'occasion de parler.

Nous nous installâmes dans des fauteuils un peu durs et continuâmes à bavarder en prenant le thé près de la cheminée, éclairés par les flammes qui dansaient à nos pieds.

— Pourquoi vivez-vous ici? demandai-je brusquement. Est-ce la solitude qui vous attire?

Le visage du comte devint soucieux. Il fixa un instant le tapis et répondit d'un ton las:

— Je suis le dernier des Moraguère. Aucune des femmes de notre famille ne voudrait habiter ici et... tous les hommes ont disparu. Je ne peux pas abandonner ce château, si délabré soit-il.

Sentant venir l'occasion de satisfaire ma curiosité, je voulais l'inciter à me donner plus de détails, mais il me fallait veiller à ce que mon insistance ne lui paraisse pas impolie.

— Votre famille doit avoir une histoire des plus intéressantes, hasardai-je.

— Intéressante est un mot bien faible, fit-il d'un air douloureux. C'est en réalité une histoire terrible.

Il se leva pour jeter une bûche dans le feu et reprit :

— Aux alentours de 1650, un de mes ancêtres épousa une certaine Jane MacLeod, jeune fille d'excellente famille dont la beauté avait séduit le jeune homme. Celui-ci était d'une nature violente et jalouse qui ne tarda pas à s'affirmer. Le moindre sourire de sa femme à un autre homme le mettait dans des colères insensées qui duraient plusieurs jours de suite. Son épouse en vint à le détester au point que sa haine était plus forte que la peur qu'il lui inspirait. Pour son malheur, celle-ci rencontra un jeune noble qui lui plut. Un jour qu'elle était avec lui, le mari rentra de la chasse plus tôt que prévu et les surprit enlacés. Fou de rage, il les tua à coups de poignard. On dit qu'avant de mourir, Jane le maudit et promit de revenir de la tombe se venger de lui et de tous ceux qui porteraient le nom de Moraguère, jusqu'au dernier.

J'attendis un peu avant de poser la question qui me brûlait la langue.

— Et elle a tenu parole ?

Mon hôte soupira tristement.

— Peut-être ne me croirez-vous pas, mais sa malédiction s'est abattue sur tous les hommes de la famille Moraguère. Tous ont péri dans des conditions atroces. Chaque fois, c'était un 24 octobre, anniversaire de la mort de Jane MacLeod.

— Est-ce arrivé dans ce château?

— Oui, mais celui-ci a brûlé plusieurs fois au cours des siècles. Une partie des murs actuels date du dix-huitième siècle.

Je passai fébrilement la main sur mon visage et avalai pensivement mon thé.

Le comte devina mon état d'âme et dit:

— Rassurez-vous. Vous ne risquez rien. Seuls les Moraguère courent un danger en ces lieux. Et nous ne sommes pas encore le 24 octobre...

— Dans moins de deux semaines, répliquai-je, ce sera la date fatidique. N'avez-vous pas peur?

— Si, bien sûr, mais j'ai échappé à la mort jusqu'à présent, même si j'ai dû faire face à des situations terrifiantes.

— Vous n'allez tout de même pas rester ici!

— Où irais-je? Je ne suis guère plus en sécurité ailleurs. La vengeance de cette femme est omniprésente.

Non, croyez-moi, je dois affronter mon destin et combattre de mon mieux. C'est ma seule chance de survie.

Je frissonnai sous l'effet du froid ou d'une inquiétude grandissante.

— D'ailleurs, poursuivit Moraguère, j'ai déjà dépassé l'âge critique.

— Que voulez-vous dire?

— Tous mes ancêtres sont morts au même âge que l'époux de Jane. J'ai dépassé ce cap depuis plusieurs années. Vous voyez, je me défends assez bien, ajouta-t-il avec un sourire peu convaincant. J'ai d'ailleurs l'impression que ce sera ma dernière confrontation avec Jane.

— Qu'est-ce qui vous fait dire ça?

— Elle me l'a dit.

Je le regardai avec surprise, mais il ne semblait pas désireux de me donner plus de précisions.

— Venez, je vais vous montrer votre chambre, fit-il en se levant.

Il empoigna deux chandeliers et se dirigea vers l'escalier.

Tout en montant les larges marches de pierre, je voyais des ombres bouger autour de moi, projetées par la lueur des chandelles. Il me semblait qu'elles me suivaient ou couraient derrière mon dos dès que je tournais la tête. Elles grimpaient le long des murs et disparaissaient aussi vite. Je savais que tout cela était naturel, mais je ne pouvais m'empêcher de songer que ces jeux de la lumière et de l'obscurité étaient exagérés comme s'ils étaient l'œuvre d'un magicien déterminé à m'effrayer.

Nous traversâmes une salle suffisamment grande pour accueillir des danseurs ou des escrimeurs. Aux murs, des personnages des siècles passés me regardaient de leurs yeux figés, prisonniers de leurs cadres dorés. De longs rideaux écarlates entouraient les fenêtres de reflets sanglants.

Le comte ouvrit une petite porte et s'introduisit dans une pièce où se dressait un imposant lit à baldaquin supporté par des colonnes de bois finement sculptées. Les quelques autres meubles étaient également impressionnants et semblaient faits pour la chambre d'une femme. En face du lit, un tableau représentant une très belle femme ornait le mur. Vêtue d'une somptueuse robe de velours et de dentelle, une main posée sur le dossier d'une chaise et une rose rouge dans l'autre, elle me fixait d'un regard intense. Ses traits avaient une expression à la fois volontaire et cruelle.

— Quelle femme! m'exclamai-je un peu malgré moi.

— C'est Jane MacLeod, dit mon hôte d'une voix éteinte. Cette chambre correspond plus ou moins à l'emplacement de la sienne. Je vous en aurais volontiers offert une autre, mais c'est la seule qui soit encore habitable.

Il posa un chandelier sur une table de nuit et prit congé de moi après m'avoir demandé si j'avais besoin de quelque chose.

Comme il faisait froid, je me déshabillai en hâte et me glissai dans le lit. Bien que je n'eus guère sommeil, je soufflai la chandelle. Deux hautes fenêtres laissaient passer la clarté argentée de la lune. Celle-ci était pleine et brillait de tous ses feux dans la nuit claire. Il gèlerait sans doute.

Une ou deux heures s'écoulèrent sans m'apporter le sommeil. Le château était silencieux, hormis un bruit régulier que j'avais remarqué depuis quelques minutes. Au début, j'avais cru qu'il s'agissait du tic-tac d'une horloge, mais ce rythme semblait s'éloigner, se rapprocher et parfois s'arrêter, comme quelqu'un faisant les cent pas. D'autre part, il ne paraissait pas venir de l'intérieur.

Oubliant le froid, je me levai d'un bond et m'approchai d'une fenêtre. J'étais à la hauteur du chemin de ronde, dont les dalles et le sommet des créneaux étaient illuminés par la lune et formaient comme un galon blanc couronnant la masse noire des murailles. Au bout du chemin, là où il passait sous une tourelle, je distinguai un point mouvant.

Je discernai bientôt une silhouette d'homme marchant d'un pas mesuré, les mains derrière le dos, comme quelqu'un qui réfléchit. Lorsqu'il fut juste en face de moi, il s'interrompit quelques secondes et leva la tête vers la lune.

C'était le comte de Moraguère.

Que faisait-il à cette heure-ci? Il était sans doute plus de minuit et le paysage environnant était plutôt sinistre. À quoi songeait-il?

Une pensée effrayante me traversa soudain l'esprit: et si le comte réfléchissait au moyen de me tuer? Je ne savais rien de lui, sinon que l'histoire qu'il m'avait contée était démentielle. Peut-être avais-je affaire à un fou sanguinaire qui avait inventé tout cela pour me terroriser et m'assassiner avant l'aube.

Ma raison me disait qu'un homme si cultivé ne pouvait être soupçonné de tels projets et qu'il paraissait tout à fait équilibré. Mais alors, pourquoi rôdait-il au sommet des remparts au lieu de dormir comme tout le monde?

Grelottant de froid, je courus me mettre au lit et m'enfouis sous les couvertures, bien déterminé à ne pas m'endormir. Je rallumai même les chandelles pour me sentir plus en sécurité.

Le bruit de pas finit par cesser et un silence pesant enveloppa de nouveau le château. Mes paupières s'alourdirent peu à peu, mes pensées ralentirent et se raréfièrent. Le sommeil engourdit mon corps et envahit mon esprit.

Au milieu de la nuit, je me tournai, mi-éveillé, pour adopter une position plus confortable. Les bougies éclairèrent mes yeux clos et, presque inconsciemment, je décidai de les éteindre. Je me dégageai paresseusement des couvertures et entrouvris les paupières.

Ce que je vis me fit l'effet d'un flot glacé envahissant mon corps tout entier.

Paralysé par la terreur, je ne pouvais détacher mon regard de la forme humaine qui se tenait à côté de mon lit. C'était une femme vêtue d'une ample robe de style ancien. Son visage aux yeux cruels était penché vers moi et exprimait une joie démoniaque.

C'était Jane MacLeod.

Tremblant de tous mes membres, je trouvai soudain la force de hurler et de me jeter désespérément de côté. Je tombai du lit et me précipitai en m'aidant des mains et des pieds vers les fenêtres. Là, je me retournai et m'adossai au mur en haletant.

La femme avait disparu.

Je restai ainsi plusieurs minutes sans bouger, m'attendant à voir une nouvelle apparition ou à affronter l'attaque de quelque force surhumaine veillant dans les ténèbres de cet endroit de malheur.

Tout à coup, la porte s'ouvrit violemment.

Mon heure avait sonné. Je crispai mes doigts sur la pierre froide du mur, comme pour y saisir une arme imaginaire ou pour me donner de la force.

Je vis d'abord de la lumière trouer l'obscurité, puis une silhouette échevelée se dessina devant mes yeux horrifiés.

Il me fallut quelques secondes pour reconnaître James de Moraguère. Vêtu d'une chemise de nuit et d'un pantalon enfilé hâtivement, il s'arrêta à l'entrée de la chambre et me contempla d'un regard indéfinissable.

Incapable de réagir, j'attendais la suite des événements. Je n'avais jamais connu de moment si intense. Je vivais sans doute les dernières minutes de mon existence.

J'entendis soudain le comte prononcer ces mots d'une voix essoufflée:

— Qu'y a-t-il? Je vous ai entendu crier de ma chambre.

J'avalai ma salive et, soulagé, murmurai d'un ton fatigué:

— J'ai vu Jane MacLeod. Elle se tenait à côté de mon lit.

Le comte resta silencieux. Son visage devint grave et pensif.

— Ai-je rêvé? demandai-je.

— Je ne crois pas, fit Moraguère avec une expression triste. Le fantôme de Jane erre dans ce château, mais je ne pensais pas qu'il s'intéresserait à vous.

J'arrachai une couverture du lit et me l'enroulai autour des épaules.

— Quelle heure est-il? dis-je.

— Environ trois heures.

— Je ne veux pas finir la nuit dans cette pièce.

— Voulez-vous descendre vous installer dans un fauteuil de la salle à manger? Je mettrai quelques bûches dans le feu.

Je m'habillai rapidement et descendis à l'étage inférieur. Le comte ranima le feu et en approcha un fauteuil. Comme il s'apprêtait à me quitter, je l'arrêtai et, un peu embarrassé, lui demandai:

— Pourriez-vous me prêter un fusil jusqu'au lever du jour? Je crois que je me sentirais plus rassuré.

Sans paraître surpris, il ouvrit un placard et en tira un fusil de chasse dans lequel il glissa deux cartouches.

— Le cran de sûreté est ici, fit-il en me tendant l'arme. Bonne nuit.

*

Quelques heures plus tard, je fus réveillé par la voix de mon hôte. Réconforté par la lumière du jour naissant, j'avais fini par m'assoupir en étreignant le fusil comme une poupée.

La bonne qui m'avait accueilli la veille nous servit un bol de flocons d'avoine et quelques tranches de pain grillé avec de la confiture.

Les yeux me piquaient et je me sentais épuisé. J'avais hâte de faire réparer mon auto et de me trouver un hôtel confortable où je pourrais dormir sans être dérangé par les fantômes.

Quelques instants plus tard, j'entendis le bruit d'une moto dans la cour du château. C'était MacLane.

Je remerciai le comte de Moraguère et lui promis de repasser le voir à la fin de mes vacances.

*

Après avoir exploré la côté nord de l'Écosse et même visité quelques-unes des îles Orcades, je repris la route de l'Angleterre le 27 octobre et fis un crochet pour aller saluer Moraguère.

La route serpenta longtemps entre les collines chauves et déboucha soudain sur le château.

Il était presque entièrement détruit et ses ruines calcinées fumaient encore!

Bouleversé, j'arrêtai le moteur de la Ford et mis lentement le pied à terre. Je n'en croyais pas mes yeux.

Dans la cour, le donjon n'était plus qu'un amas de pierres noires que j'escaladai tristement. Comment cette catastrophe s'était-elle produite et qu'était-il arrivé à

Moraguère? Toutes ces questions m'obsédaient et j'étais prêt à me rendre au village voisin pour obtenir plus de renseignements lorsqu'un bruit me fit me retourner. C'était MacLane. Il semblait arpenter les ruines, tout comme moi.

— Monsieur MacLane, m'écriai-je, qu'est-il arrivé?

Avec un calme typiquement britannique, l'homme me répondit d'une voix monotone:

— Au cours de la nuit du 24 octobre, un incendie s'est déclaré. Personne ne sait ce qui l'a causé. Le lendemain matin, j'ai trouvé le comte hors des murs du château. Il était allongé sur le sol. Ses vêtements étaient en lambeaux et son corps était couvert de marques semblables à celles que feraient les griffes d'une bête sauvage. Il saignait abondamment et son visage était pratiquement méconnaissable.

— Ses blessures étaient-elles dues au feu?

— Non, monsieur. Le feu ne laboure pas la peau comme une lame

— Vous a-t-il parlé?

— Oui. Il était très faible, mais en dépit des souffrances que lui causaient ses blessures, il avait un air paisible que je ne lui avais jamais vu. Il m'a simplement dit que Jane avait frappé son dernier coup.

— Comment comprenez-vous cela?

— Comme tous les 24 octobre, Jane MacLeod est sortie du tombeau pour se venger de Moraguère. Elle a détruit son château et elle l'a sauvagement mutilé, mais elle n'a pas atteint son but.

— Vous croyez qu'elle recommencera?

— Non. J'ai compris que le comte avait dominé sa peur et fait face à son ennemie. Il a souffert, mais il vivra.

Nous restâmes un moment silencieux. MacLane jeta un long regard autour de lui et murmura comme pour lui-même:

— Cela prouve que le courage finit un jour par triompher du mal.

LA MAGIE DE LA MUSIQUE

Gina était la seule musicienne d'un village peu ordinaire: aucun de ses habitants n'aimait la musique. Lorsqu'elle jouait de son violon, les voisins se bouchaient les oreilles et fermaient leurs fenêtres. « La musique, disaient-ils, quelle chose inutile! » Nul n'écoutait les ravissantes mélodies qu'elle composait dans sa chambre le soir, quand la lune s'attardait pour la regarder à travers les carreaux.

Pas la moindre note de musique ne venait égayer les mariages et les baptêmes, qui se célébraient dans le silence et l'ennui. Depuis son arrivée au village, Gina n'avait fait danser personne, et ses chansons étaient restées invendues. Comme elle ne donnait pas de leçons non plus, elle avait très vite épuisé les quelques économies qu'elle avait apportées. Elle était devenue très pauvre et mangeait rarement à sa faim, car l'épicier ne voulait plus lui faire crédit. Jusqu'à présent, elle avait subsisté grâce aux dons irréguliers de quelques parents vivant loin d'elle. Cependant, elle s'efforçait de cacher sa misère, espérant toujours que son sort s'améliorerait un jour.

Un soir, son propriétaire vint la trouver et lui dit d'un ton sévère:

— Avez-vous de l'argent à me donner?

— Non, répondit Gina en baissant la tête.

— Vous me devez le loyer depuis plusieurs mois. Si vous ne me payez pas avant la fin de la semaine, je vous chasse de ma maison!

Sans rien ajouter, il disparut en claquant la porte.

La jeune fille s'assit sur l'unique chaise de sa chambre et regarda fixement le plancher pendant plusieurs minutes. Elle savait bien que ce moment arriverait. Maintenant, il lui fallait faire face à la réalité.

La semaine s'écoula et, quand le lundi matin arriva, Gina mit son manteau, entassa quelques vêtements et ses chansons dans un vieux sac de toile, prit son violon et quitta sa chambre.

Le cœur serré, elle suivit au hasard les rues désertes du village, puis se dirigea vers la campagne environnante. Elle traversa plusieurs champs cultivés et longea la rivière un moment. Elle gravit des collines verdoyantes et chemina dans l'ombre des forêts pour se rafraîchir. Dans les clairières, elle regarda les rayons dorés du soleil percer le feuillage des grands arbres pour se poser sur les fleurs et les faire resplendir comme des pierres précieuses. Pourtant, la beauté de la nature ne diminuait pas sa tristesse, et elle se sentait étrangère à la joie de vivre des mille animaux qu'elle entendait autour d'elle.

Gina marcha longtemps et ne s'arrêta que vers la fin de l'après-midi. Ses chaussures lui faisaient mal et elle avait très faim. Elle s'assit sous un vieux chêne, à l'orée d'un bosquet. Là, pour oublier sa peine et les plaintes de son estomac, elle eut recours à son seul ami: son violon. Après l'avoir soigneusement accordé, elle en tira les premières notes d'une mélodie.

Surpris, les oiseaux cessèrent de chanter. Ils se perchèrent au bord de leurs nids pour mieux voir l'intruse. La musique leur plut et, un à un, ils se mirent à y répondre de leurs chants. Bien entendu, ce petit dialogue musical ravit Gina, et elle joua de plus belle. Pour la première fois depuis bien longtemps, des êtres s'intéressaient à sa musique! Elle aurait préféré que ce soient les villageois, mais le destin en avait décidé autrement. Alors, elle offrit le meilleur d'elle-même à son public inattendu. Fermant les yeux, elle s'imagina donnant un récital devant une salle pleine d'oiseaux en tenue de soirée. Très dignes et un peu guindés, corbeaux, merles, pigeons et alouettes l'écoutaient attentivement et, chaque fois qu'elle s'interrompait, ils lui répondaient en chœur, sans jamais manquer une note. À la fin du concert, ils l'applaudirent en battant des ailes et en claquant du bec. Quel succès!

Quand elle posa son archet, la nuit avait allumé ses étoiles, et les arbres étaient devenus de grandes masses sombres et un peu inquiétantes. Elle rangea son violon et s'allongea sur la mousse veloutée qui entourait le chêne. S'enveloppant de son mieux dans son manteau, elle se cala la tête contre l'étui de son instrument et s'endormit rapidement.

La fraîcheur de l'aube la réveilla. Elle bâilla et regarda autour d'elle en frissonnant. Tout était silencieux et d'une immobilité d'image. La lumière rose du jour était encore faible et un léger voile de brume s'accrochait aux branches des arbres engourdis. Comme elle n'avait rien de mieux à faire, la jeune musicienne décida de se rendormir. Elle remonta le col de son manteau, enfouit ses mains dans ses manches, se recroquevilla et ferma les yeux.

Elle allait s'assoupir, lorsqu'elle entendit de la musique près d'elle. Croyant rêver, elle n'y prêta guère attention. Mais les sons devinrent plus forts. Elle ouvrit alors un œil, et ce qu'elle vit lui fit bien vite ouvrir l'autre.

Trois fillettes, grandes comme le pouce, volaient autour d'elle en agitant leurs ailes de libellule. Dans leurs bras, elles tenaient de minuscules harpes dont leurs doigts tiraient des cascades de notes cristallines. Lumineuses et transparentes à la fois, ces ravissantes petites créatures se déplaçaient avec une légèreté de papillon.

Gina se frotta les yeux et secoua la tête pour chasser le sommeil de son esprit. La faim lui jouait des tours: elle avait des hallucinations! Bientôt, ce serait la fièvre, le délire, puis... Elle frissonna à la pensée du sort qui l'attendait, leva les yeux au ciel et les rabaissa brusquement.

Les trois visiteuses étaient toujours là. Tout comme des abeilles butinant une fleur, elles voletaient autour d'elle en souriant. L'une se posa sur la pointe de sa chaussure. Une autre atterrit sur son genou. La troisième lui frôla le nez en planant et dit d'une voix à peine perceptible:

— Bonjour. Nous sommes des fées musiciennes. Je m'appelle Do.

— Et moi, Mi, ajouta la seconde.

— On m'appelle Sol, fit la dernière.

À la fois émerveillée et déconcertée par ces adorables petits êtres, la jeune fille se sentait incapable de dire un mot. Si elle n'était pas le jouet d'une hallucination, elle était en présence d'esprits de la nature tels que les gnomes ou les elfes. Elle avait lu un article à ce sujet, mais n'y avait guère prêté attention. Certaines personnes prétendaient avoir rencontré ces créatures mystérieuses et même en avoir pris en photo. Cependant, les scientifiques y voyaient généralement une supercherie ou le produit d'imaginations trop vives. Gina, quant à elle, n'avait pas d'opinion, mais elle commençait à se demander si les histoires que lui avaient contées sa grand-mère n'étaient pas plus vraies qu'elle ne l'avait pensé jusqu'à présent.

Après avoir hésité quelques secondes, la jeune fille décida de jouer le jeu. Elle verrait bien ce qui arriverait plus tard.

— Mon nom est Gina, dit-elle, et je suis musicienne, moi aussi.

— Où habites-tu, Gina? demanda Mi.

— Je suis sans logis depuis ce matin et... j'ai aussi très faim.

— Gagnes-tu de quoi vivre avec ta musique? fit Sol.

— Malheureusement non! J'aurais mieux fait d'apprendre la mécanique, la couture ou la comptabilité. Je n'en serais pas là aujourd'hui!

— Nous pouvons peut-être t'aider, dit Do. Nous allons t'apprendre quelques mélodies qui plairont aux villageois.

— Ça, c'est impossible, croyez-moi! s'écria Gina.

— Non, répliqua Mi, tu comprendras plus tard. Prends ton violon.

Do vint se percher sur son épaule et expliqua:

— Il y a une mélodie pour chaque espèce de plante. Si une rose est malade ou ne pousse pas bien, il suffit de jouer certaines notes pour qu'elle retrouve la santé et s'épanouisse.

— Il y a aussi une mélodie pour les tomates, une pour le blé et une autre encore pour le maïs, ajouta Sol.

— Nous en connaissons qui font pousser les fleurs ou donnent des fruits magnifiques, précisa Mi.

Pendant toute la journée, les fées enseignèrent leurs mélodies harmonieuses à la violoniste. Le soleil était près de l'horizon lorsqu'elles déclarèrent que la leçon était finie.

— Nous allons te quitter, fit Do. N'oublie pas ce que nous t'avons appris.

— Avec notre musique, tu n'auras jamais plus faim et tu trouveras un logis, dit Sol.

— Maintenant, conclut Mi, va jusqu'à la ferme qui se trouve dans la vallée, derrière les saules que tu vois là-bas. Dis au fermier que tu peux améliorer sa récolte par ta musique, et il te logera chez lui.

Les trois petites fées, auréolées d'or par les derniers rayons du soleil, s'élevèrent alors dans les airs et s'éloignèrent dans un tintement de notes joyeuses.

— Quand vous reverrai-je? cria Gina.

— Un jour... Au revoir, Gina, au revoir...

*

Gina décida de se mettre en route immédiatement pour arriver à la ferme avant la tombée de la nuit. Elle se dirigea à grands pas vers le bosquet de saules que les fées lui avaient indiqué et l'atteignit en moins d'une demi-heure. Là, elle aperçut une petite ferme blanche, entourée d'une clôture de bois et de grands champs labourés. Près de la grange broutaient un âne et quelques vaches.

Quand elle arriva à la ferme, elle trouva le fermier dans la cour, occupé à réparer une brouette sous le regard attentif d'un joli petit garçon et d'un chien au poil roux. Un peu appréhensive, elle ouvrit la barrière et s'approcha.

— Bonsoir, dit-elle, je m'appelle Gina. Je suis musicienne et je sais jouer des mélodies qui ont le pouvoir de rendre vos récoltes et vos fleurs bien plus belles. Je ne vous demanderai qu'un coin de votre grange pour dormir et un repas par jour.

Embarrassé, le fermier repoussa sa casquette pour se gratter la tête. La jeune fille lui faisait un peu pitié. Elle était si maigre et avait l'air si pauvre dans son manteau usé. Néanmoins, il se servait d'engrais qui étaient incontestablement plus efficaces que la musique. En choisissant ses mots pour ne pas trop la décevoir, il lui expliqua qu'il n'avait pas besoin d'aide.

Gina s'apprêtait à partir lorsqu'elle vit une femme en tablier sortir de la maison. C'était l'épouse du fermier, que l'enfant était allé chercher. Un doux sourire aux lèvres, celle-ci s'approcha de son mari et lui dit:

— Jean, pourquoi ne la prends-tu pas à l'essai pour quelques jours? Elle pourrait nous montrer ce qu'elle sait faire en s'occupant de mes fleurs.

En réalité, la fermière ne croyait pas plus que son époux aux pouvoirs magiques de la musique de Gina, mais la misère des autres l'attristait et elle était toujours prête à l'alléger.

Le fermier aimait beaucoup sa femme et son fils, le petit Jacques. Pour leur faire plaisir, il accepta et conduisit Gina à la chambre qui devait lui servir de logement.

La nouvelle demeure de la jeune fille n'était pas bien grande, mais elle lui plut tout de suite. Éclairés par une petite fenêtre, il y avait une chaise, un lit très haut et de vieilles gravures aux murs. Gina ouvrit les tiroirs d'une commode ventrue et y trouva des vêtements de lin comme on en portait jadis. Elle les essaya aussitôt avec joie. Il y avait si longtemps qu'elle portait la même robe élimée qu'elle était heureuse de la remplacer.

160

Elle rangeait son violon sous le lit quand elle entendit frapper à la porte. C'était Jacques. Le visage illuminé par un immense sourire, il tenait soigneusement un grand bol de soupe et une assiette de haricots sur un plateau. Avançant avec précaution pour ne rien renverser, il posa le tout sur la commode et se tourna vers Gina. Celle-ci le remercia et se mit à manger avec un appétit d'ogre. Jamais rien ne lui avait paru si bon.

Pendant qu'elle avalait son repas, Jacques la regardait avec curiosité. Tout d'abord un peu timide, il finit par se délier la langue et commença à raconter sa vie: il avait six ans, allait à l'école et savait un peu lire; bien sûr, comme tous les enfants de son âge, il adorait les animaux. Après avoir parlé de lui-même, ce qui ne dura guère longtemps, il posa une foule de questions à la jeune fille. Mais ce qui l'intriguait le plus, c'était l'étui du violon.

— Qu'est-ce qu'il y a dans ta boîte?

— Ça, c'est l'étui de mon violon.

— Un violon, qu'est-ce que c'est?

— C'est une jolie boîte en bois qui fait de la musique, expliqua Gina. Tu as déjà entendu de la musique?

Le petit secoua la tête. La jeune fille se rappela alors que les villageois de cette région n'étaient pas du tout mélomanes. Comment avait-elle pu déjà oublier cela?

Elle sortit son instrument et joua quelques notes d'une mélodie enfantine.

— C'est joli, fit Jacques, les yeux brillants. Tu m'apprendras à en jouer?

— Bien sûr, répondit-elle, un peu émue de trouver enfin son premier élève.

*

Gina passa une nuit excellente. Débarrassée de ses soucis, elle dormit à poings fermés, douillettement blottie dans ses draps de toile un peu rugueuse. Quand le chant du coq la réveilla, elle s'étira, sourit au timide soleil qui teintait les vitres, puis sauta à bas du lit. Elle se sentait merveilleusement bien. La vie lui souriait enfin.

Sitôt habillée, elle descendit à la cuisine.

Ses hôtes étaient déjà levés et lui offrirent un copieux petit déjeuner. Après avoir mangé, elle demanda à Hélène, la fermière, de la conduire à ses fleurs. Elle était impatiente de commencer son travail.

La tâche de Gina n'était pas très exigeante. La fermière n'avait que trois rangées de tulipes, quatre rosiers, quelques pensées et deux pots de géraniums.

Sans perdre une seconde, la violoniste se mit à l'ouvrage. Alors, les sons délicats de son hymne à la nature s'élevèrent dans la campagne à demi endormie. Portés par l'air frais du matin, ils montaient vers le ciel comme des oiseaux de cristal et se perdaient dans l'infini.

Réveillé par la musique, Jacques accourut bien vite. En pyjama et les cheveux ébouriffés par le sommeil, il s'arrêta au coin de la maison, un peu à l'écart pour ne pas déranger la musicienne. L'air étonné, il écoutait de toutes ses oreilles.

Quand elle eut terminé, Gina remarqua l'enfant et proposa de lui donner sa première leçon de musique après qu'il se serait débarbouillé et peigné. Jacques accepta joyeusement et détala comme un lapin.

*

À partir de ce jour, Gina joua chaque matin pour les plantes de la fermière et, le soir après l'école, elle donna une leçon de musique à Jacques. Les résultats ne se firent pas attendre : les fleurs poussèrent avec une rapidité miraculeuse et devinrent si belles qu'Hélène en fut émerveillée. Quant au petit garçon, il montra des dons peu communs et fit des progrès remarquables.

Ravis, les fermiers décidèrent de garder la musicienne à leur service et lui demandèrent d'exercer ses talents dans leurs champs. Alors, on la vit tous les jours arpenter les champs de blé, de pommes de terre ou de maïs, très souvent suivie de Jacques et du chien Fidèle. Son archet volait joyeusement sur les cordes de son violon, lançant vers le soleil des farandoles de notes qui faisaient danser l'enfant et bondir l'animal.

*

Quand vint la saison des récoltes, le fermier apporta ses légumes et ses céréales au marché pour les vendre.

À peine installé, il fut entouré par une foule étonnée.

— Mais regardez la taille de ces pommes de terre! disaient les uns.

— Avez-vous jamais vu de si beaux épis de maïs? s'écriaient les autres.

— Et regardez ces concombres et ces tomates! Ils sont le double des autres!

Jamais les villageois des environs n'avaient vu si belle récolte. Bien entendu, ils demandèrent à Jean comment il avait fait. Celui-ci répondit simplement:

— Eh bien, j'ai embauché une musicienne qui s'appelle Gina. Elle joue sur son violon des airs qui font pousser les plantes.

— C'est impossible! C'est absurde! crièrent les autres fermiers. La musique, ça ne sert à rien!

Les fermiers rirent très fort en se donnant des coups de coude dans les côtes. Certains en avaient les larmes aux yeux. De la musique qui fait pousser les plantes! On aura tout vu! Le soir après le marché, ils en rirent encore au café, frappant le bois des tables de leurs gros poings pour mieux faire éclater leur gaieté.

Deux jours plus tard, Gina eut la surprise de voir le facteur lui apporter une vingtaine de lettres. Elle les posa sur la grande table de la ferme et Jacques l'aida à les ouvrir. Toutes venaient de fermiers qui voulaient acheter ses services pour avoir une récolte aussi belle que celle de Jean.

Gina demeura un instant pensive, puis elle se mit à rire doucement. Après des mois de malchance, tout lui réussissait maintenant. Elle eut une pensée reconnaissante pour les petites fées.

Comme elle ignorait la rancune, elle voulait bien accepter d'aider les fermiers. Cependant, elle ne pouvait pas travailler pour tout le monde à la fois et elle n'avait aucune envie de quitter ses hôtes. Comment faire?

C'est Jacques qui trouva la solution.

— Pourquoi n'apprends-tu pas la musique aux enfants des fermiers dans mon école? suggéra-t-il. Ils pourraient s'occuper des champs de leurs parents à ta place.

— Fantastique! s'écria Gina. Tu as trouvé la solution idéale. Vite, Jacques, écrivons à nos fermiers!

Gina écrivit les lettres et Jacques colla les timbres. Ils remplirent les enveloppes et Fidèle les lécha. En un rien de temps, tout fut terminé et les trois amis portèrent leurs lettres à la poste.

En chemin, Gina dit à Jacques:

— Si les fermiers acceptent, j'aurai besoin de toi pour apprendre le solfège aux enfants. Veux-tu m'aider?

— Bien sûr, répondit le petit garçon en souriant fièrement.

Les fermiers acceptèrent.

Maintenant, il y a un petit musicien dans chaque maison de la région. On entend de la musique dans le village où, autrefois, elle était détestée. Et l'on y voit les fleurs, les fruits et les légumes les plus beaux du monde!

LES PLAINES D'ABRAHAM

La nuit se tait sur les plaines d'Abraham. Son linceul d'ombre et de brume recouvre les vallons herbeux où s'affrontèrent jadis les troupes de Wolfe et de Montcalm. Les pierres des fortifications se replongent dans leurs souvenirs sanglants, et des canons émane une âcre odeur de poudre. Les fantômes des plaines se lèvent alors et errent sur les collines qui surplombent les eaux muettes du Saint-Laurent.

Jean Lagarde referma son livre et le posa sur le lit. Ces lignes d'un auteur québécois le faisaient sourire tout en taquinant son imagination. Il se sentait comme un enfant lisant une histoire à la fois incroyable et peut-être réalisable. Le cadre et l'heure y étaient sans doute pour quelque chose : il était près de deux heures du matin et sous les fenêtres de sa chambre d'hôtel s'étendaient les plaines d'Abraham, une des principales attractions touristiques de la ville de Québec.

Il se leva et écarta le rideau de toile beige qui le séparait de la nuit. « Les plaines d'Abraham », murmura-t-il d'un ton théâtral. Ces mots aux résonances bibliques l'attiraient étrangement et il les répéta plusieurs fois, comme un acteur séduit par un passage de son texte. Ils avaient fait naître en lui un sentiment étrange où se mêlaient le goût du jeu, la curiosité et une pointe d'anxiété.

Au-delà des lumières de la rue déserte, les plaines d'Abraham se perdaient dans la nuit sans étoiles. Jean Lagarde ne pouvait détacher son regard de ce goufre d'obscurité qui s'ouvrait à une centaine de mètres de lui. Il avait envie d'explorer malgré la voix de sa raison qui lui répétait que c'était une idée insensée et qu'il ferait mieux de se coucher. Les arguments valables ne manquaient pas, et pourtant, il se sentait poussé par une force insolite qui lui fit prendre son veston, sortir de sa chambre et se diriger vers l'ascenseur.

Il traversa le hall désert de l'hôtel et poussa la porte tournante. Un portier somnolent grommela un vague « bonsoir » et le suivit d'un regard terne.

L'air était frais et humide. Jean Lagarde remonta son col et enfouit ses mains dans ses poches. Il parcourut rapidement la distance qui le séparait de l'orée des plaines d'Abraham.

Une fois sur le gazon court du parc, il s'arrêta, se demandant si cela valait la peine de continuer. Cette promenade lui vaudrait sans doute un rhume, rien de plus intéressant. Pourtant, en posant le pied sur l'herbe, il avait eu l'impression de franchir un seuil, de pénétrer dans un lieu inconnu. Était-ce la fraîcheur de l'herbe, l'obscurité ou simplement les effets de son imagination? Sa raison lui expliqua que tout endroit nouveau constituait une découverte potentielle et que celui-ci ne faisait pas exception. Si évident que fût cet argument, Jean Lagarde ne se sentait pas parfaitement à l'aise. Il savait par expérience que la logique est parfois impuissante à déchiffrer les messages de l'intuition.

Il reprit sa marche et se dirigea résolument vers les ténèbres. Au bout de quelques mètres, il ralentit le pas. La nuit l'enveloppait, de plus en plus opaque, et les lumières de la ville devenaient imperceptibles, s'effaçant avec une rapidité extraordinaire qui le troubla et le fit s'arrêter de nouveau. Un sentiment diffus le faisait hésiter comme si quelque danger le menaçait. Il jeta un regard inquiet autour de lui, tout en essayant de se moquer de ce désarroi imprévu. Il s'était pourtant déjà promené dans d'autres parcs la nuit. Mais jamais il n'avait ressenti une angoisse si injustifiable.

À quoi bon continuer? se disait-il; après tout, ce n'est que de l'herbe. As-tu peur d'un parc désert? lui lançait la même voix. Vas-tu céder à cette frayeur ridicule et faire demi-tour?

Il aspira une rapide bouffée d'air et repartit d'un pas qu'il voulait assuré.

Au bout de quelques mètres, il s'arrêta de nouveau. Il avait cru percevoir des bruits de voix dans la brise qui courait sur la plaine. Il scruta les ténèbres, espérant y trouver quelques touristes ou un couple d'adolescents: la nuit resta impénétrable, mais les sons se firent plus clairs, semblant venir de toutes les directions. Il distingua bientôt des plaintes, des appels, des mots de français et d'anglais, des coups de feu... « Fire!... À l'aide!... Goddam!... Tirez!... Help!... »

Les bruits s'amplifièrent rapidement et finirent par tourbillonner autour de lui comme une meute incontrôlable. Son effroi décupla lorsqu'il commença à distinguer des silhouettes mouvantes autour de lui. Ces formes devinrent vite des soldats en uniforme du dix-huitième siècle, se précipitant les uns contre les autres, roulant au sol, épaulant leur fusil ou se taillant un chemin à coups de sabre dans les rangs ennemis. Les balles sifflaient et le métal des lames sonnait, contrastant avec le bruit sourd des pas et des corps tombant dans l'herbe. Un cavalier frôla Jean Lagarde et il sentit l'haleine chaude du cheval. Une balle souleva une motte de terre à ses pieds et une autre effleura son oreille.

À quelques mètres de lui, un soldat faisait vaillamment face à deux adversaires. Armé d'un fusil sans munitions, il parait désespérément les coups de sabre et de baïonnette de ses ennemis. Ceux-ci le faisaient reculer et, malgré ses efforts, ils finirent par avoir raison de lui. L'acier lui traversa le corps par deux fois et il s'écroula lourdement, comme soulagé par la fin de cette lutte sans espoir.

Bouleversé, Jean Lagarde ne pouvait écarter son regard du blessé. Ce dernier, allongé sur le sol, tourna son visage vers lui. C'était un homme d'environ trente ans, aux traits un peu enfantins. Ses lèvres remuèrent, articulant avec peine des mots inaudibles. Jean s'approcha et s'agenouilla près de lui. L'implorant de ses yeux sombres, le soldat lui chuchota : «Dans ma poche, camarade... l'enveloppe. » Jean fouilla dans une poche de l'habit maculé de sang et en tira une enveloppe carrée un peu froissée. « Merci, camarade », ajouta l'homme dans un dernier souffle. Ses yeux semblèrent chercher au-delà de Jean, puis ils devinrent fixes en même temps que son corps se relâchait, vaincu par la mort.

Jean demeura longtemps agenouillé près du soldat, puis il finit par se relever, très lentement, comme un vieillard ou un homme exténué. Bien qu'il ait momentanément oublié la bataille qui faisait rage autour de lui, il avait maintenant pleinement conscience d'exister dans un autre monde, dont il ne connaissait pas l'issue. Son sort allait-il être semblable à celui de l'homme qui gisait devant lui ou trouverait-il un moyen de sortir de ce cauchemar insensé?

Ses pensées furent brutalement interrompues par un soldat anglais qui se précipitait sur lui, baïonnette en avant. Jean Lagarde fit volte-face et se mit à courir avec l'énergie du désespoir. Il entendait derrière lui la respiration et les pas de son poursuivant. La mort aux trousses, il fuyait aveuglément dans la nuit des plaines d'Abraham.

Ses jambes commençaient à faiblir quand il perçut soudain des lumières trouant l'obscurité. Cette découverte lui apporta une bouffée d'espoir et il se rua de toutes ses forces vers cette vision inattendue.

La lumière d'un réverbère l'enveloppa brusquement de sa hotte sécurisante. En même temps, un calme inattendu l'entoura. Son poursuivant avait disparu. Il comprit que le danger était passé et arrêta sa course, à bout de souffle.

La nuit était parfaitement silencieuse et aucun mouvement ne troublait la paix qui régnait sur le champ de bataille.

Jean Lagarde resta longtemps immobile sur le trottoir, hésitant à choisir une direction, comme si le moindre pas risquait de le plonger dans un nouveau cauchemar. Il avait l'impression de flotter entre deux mondes tout aussi réels l'un que l'autre. Tel un voyageur égaré, interdit devant les portes d'une ville enchantée, il se sentait cloué à ce décor dont il avait découvert l'envers effroyable.

Il scruta longuement les ténèbres, espérant y trouver quelques vestiges du combat, mais il ne vit qu'un rideau d'ombre sans faille. Alors il regagna lentement son hôtel en se retournant de temps à autre.

Le portier le regarda avec surprise et, d'une voix hésitante, lui souhaita une bonne nuit.

Une fois dans sa chambre, Jean Lagarde se laissa tomber sur son lit, mais l'image qu'il entrevit dans le miroir le fit se relever aussitôt. Il s'examina de plus près: son visage portait les marques d'une fatigue extrême. Des rides profondes s'étaient creusées autour de ses yeux et ses cheveux étaient collés à son front. Sous ses paupières sombres brillait une lueur inconnue, un peu effrayante. « On dirait un revenant », s'étonna-t-il.

Il tendait la main pour éteindre la lampe de chevet quand il remarqua un détail qui accéléra les battements de son cœur: une enveloppe dépassait d'une poche de son veston posé sur un fauteuil. Il l'avait complètement oubliée. Se levant d'un bond, il la saisit et y lut l'adresse suivante, écrite à la plume d'oie:

Mme Jeanne Gauthier
4, rue des Pénitents
Rouen, Normandie
France

Les événements de la nuit surgirent alors de sa mémoire en un tourbillon d'images faites de visages entrevus, parmi lesquels revenait constamment celui d'un jeune soldat allongé dans l'herbe. Ce n'est guère qu'au bout de plusieurs heures qu'il finit par sombrer dans un sommeil peuplé de rêves menaçants.

*

Les mois passèrent et cette nuit insolite finit par s'estomper un peu dans les souvenirs de Jean Lagarde.

Il en vint presque à croire, sous la pression de son entourage, qu'il avait été le jouet d'une illusion. Pourtant, il y avait cette lettre, qu'il n'avait jamais ouverte, sans doute par peur de découvrir que son aventure n'avait été qu'un rêve.

Ses voyages le menèrent un jour en Normandie. Muni de la lettre, il se rendit à Rouen. Sans vraiment croire à l'issue de sa démarche, il se mit en quête du numéro quatre de la rue des Pénitents.

Il trouva une vieille maison de pierre brune, qui avait été rénovée avec goût. Le soleil de l'après-midi allumait les vitraux ambre des fenêtres de l'étage supérieur, d'où s'échappaient les notes cristallines d'un piano.

Jean aurait repris son chemin s'il n'avait découvert avec surprise, près de la sonnette, le nom des occupants: GAUTHIER. Sans hésiter il sonna. Au bout d'un instant, la porte décorée d'un motif en fer forgé fut ouverte par une jolie femme d'environ trente ans, dont le visage reflétait l'intelligence et la sensibilité.

Il se présenta et expliqua qu'il avait trouvé cette lettre ancienne dont la destinataire était peut-être une ancêtre de quelqu'un vivant dans cette maison.

La jeune femme regarda l'enveloppe: « Tiens, dit-elle, elle s'appelait Jeanne, comme moi. Entrez, monsieur, cette lettre a l'air des plus intéressantes. »

Jean la suivit dans un grand salon décoré de plantes exotiques et de meubles anciens. Dans la lumière tamisée par les volets à demi fermés, des tableaux aux cadres finement ouvragés mettaient en valeur des œuvres des siècles passés. Des miroirs sertis de cuivre ajoutaient, par leur profondeur, une dimension supplémentaire à ce décor baudelairien.

« Mon mari est en haut », dit l'hôtesse en ouvrant une porte donnant sur un escalier. « Jacques, veux-tu descendre ? »

Quelques secondes plus tard apparaissait un homme d'une trentaine d'années, dont la vue pétrifia Jean Lagarde.

C'était le soldat qui lui avait donné la lettre.

— Jacques Gauthier, dit en souriant le jeune homme.

Jean lui tendit une main un peu tremblante et allait tenter d'expliquer son effroi lorsque son interlocuteur murmura :

— Vous n'avez pas changé depuis les plaines d'Abraham. Je vous remercie d'avoir apporté la lettre.

— Mais, balbutia Jean, le soldat... la bataille...

— Oui, c'était bien moi et vous m'avez vu rendre mon dernier soupir sur le champ de bataille. J'en ai même gardé deux petites marques, ajouta-t-il en ouvrant sa chemise, découvrant sa poitrine, sur laquelle Jean Lagarde vit deux minces traînées rouges, à peine perceptibles.

— Comment expliquez-vous cela?

— Comme la lettre, répondit Jacques, sauf que celle-ci s'est matérialisée entièrement.

— Mais comment votre histoire a-t-elle commencé? Moi, je me promenais sur les plaines d'Abraham...

— Moi aussi, et ça a duré plusieurs jours. Je me suis retrouvé dans la peau d'un soldat de Montcalm et j'ai écrit cette lettre juste avant la bataille qui m'a été fatale, conclut Jacques en riant.

Jeanne interrompit la conversation de sa jolie voix douce:

— Monsieur Lagarde, vous êtes tout pâle. Si nous prenions quelque chose pour fêter cette deuxième rencontre tout de même plus agréable?

— Avec plaisir, répondit Jean Lagarde.

Table des nouvelles

collection des **mille îles**

Guy Boulizon
Alexandre et les prisonniers des cavernes

Marie-Andrée Clermont
Alerte au lac des Loups
Les aventuriers de la canicule

Monique Corriveau
Le garçon au cerf-volant
La petite fille du printemps
Les saisons de la mer
Le secret de Vanille
Le Wapiti

Claide Daignault
Une course contre la montre

Tony German
Tom Penny
Tom Penny et les géants de l'Outaouais

Marilyn Halvorson
En toute liberté

James Houston
Les casse-cou de la rivière Koksoak

Paul Kropp
Le cave

Joseph Lafrenière
Par delà le mur

Mary-Ellen Lang Collura
Les vainqueurs

André Lebugle
Les portes secrètes du rêve

Suzanne Martel
Jeanne, fille du Roy

Margot Pagé
Tomaqua

Jean-Baptiste Proulx
L'enfant perdu et retrouvé

Bernadette Renaud
La dépression de l'ordinateur

Robert de Roquebrune
Les habits rouges

Typographie et mise en pages: Compélec inc.
Achevé d'imprimer le 10 mars 1989, à Cap-Saint-Ignace
sur les presses des Ateliers Graphiques Marc Veilleux Inc.
pour le compte des Éditions Fides.